주디 홉스

버니버로우 출신의 주디 홉스는 성실한 이상주의자로 주토피아 경찰서(ZPD) 최초의 토끼 경찰이다. 보고 서장이 닉 와일드와의 파트너십에 의문을 제기하자, 주디는 서로 다른 점에도 불구하고 자신들이 유능한 팀이란 걸 증명하기로 결심한다. 때마침 주토피아에 수상한 뱀이 나타나 중요한 유물인 저널을 훔치는 사건이 벌어지게 되고, 주디는 자신과 닉이 훌륭한 짝이란 사실을 확실히 입증할 기회를 얻게 된다.

닉 와일드

한때 사기꾼이었던 닉 와일드는 진지하지 못한 성격이지만, 주토피아 경찰서의 최초의 여우 경찰이 된다. 처음에 닉은 파트너 주디와 뱀과 사라진 유물에 관한 사건을 맡아야 할지 확신을 갖지 못한다. 하지만 주디가 너무도 소중했던 그는 비록 자신이 주로 조수석에 앉게 되더라도 그녀의 곁을 지킨다.

니블스 메이플스틱

괴짜 비버 니블스는 자신만의 팟캐스트 *'기묘한 파충류 이야기'*를 운영하며 습지의 미스터리를 탐구하고 파충류에 대한 해박한 지식을 뽐낸다. 주디와 닉은 정체불명의 뱀 사건을 해결하기 위해 니블스의 도움을 구한다. 니블스는 주디와 닉의 듀오를 트리오로 만들고 싶어 하지만, 그 꿈이 생각보다 훨씬 더 요원하다는 것을 알고 있다. 그럼에도 불구하고 니블스는 할 수 있는 모든 방법으로 그들을 돕고 싶어 한다.

포버트 링슬리

느긋한 성격이지만 어딘지 모르게 미스터리한 구석이 있는 포버트는 가족들의 악행에 대한 증거를 찾기로 한다. 형제자매인 캐트릭과 키티와는 달리 포버트는 늘 막강한 가문에서 소외감을 느껴왔다. 때로는 부자연스러운 면모를 보이기도 하지만, 대부분은 사랑스럽고 재미있는 데다 놀랍도록 매력적이다. 그런데 마냥 태평스럽기만 한 포버트가 사악한 비밀을 품고 있을지도 모른다.

게리 더 스네이크

게리는 믿을 수 없을 정도로 친절한 독사다. 세상을 어린아이 같은 열정과 순수함으로 대한다. 비록 그의 가족의 명예는 오래전에 실추되었지만, 게리는 언젠가 가족의 명예를 회복하고 주토피아로 돌아가기를 희망한다. 게리는 치명적인 독을 품고 있긴 하지만, 결코 누구도 의도적으로 해하는 법이 없다. 알고 보면 다정하고 사랑스러우며 친절한 게리는 동물들의 가장 따뜻한 냉혈 친구다.

윈드댄서 시장

배우에서 정치인으로 전향한 주토피아의 윈드댄서 시장은 주목받길 좋아한다. 그는 사진 촬영과 박수받기, 멋지게 입장하기를 즐기며 자신이 출연한 영화를 전부 틀어 두고 본인의 연기를 재차 감상하는 걸 아주 좋아한다. 다소 어리숙하고 자기밖에 모르는 듯한 윈드댄서 시장이지만, 한때 자신이 연기한 영화 속 인물들처럼 영웅적 면모를 뽐낼지도 모른다.

밀턴 링슬리

악명 높고 막강한 링슬리 일가의 수장인 밀턴은 매우 위협적이고 요구가 많은 스라소니로, 항상 자기 뜻대로 하려는 성격이다. 사업을 하지 않을 때는 다음번에 써먹을 작전을 짜거나 뇌물을 건네며 대부분의 시간을 보낸다. 그의 가문은 주토피아를 건립한 것으로 알려져 있으며, 밀턴은 어떠한 대가를 치르고서라도 그러한 유산을 지키는 데 혈안이 되어 있다.

보고 서장

주토피아 경찰국의 서장으로서, 보고 서장은 자신의 역할을 매우 진지하게 여긴다. 존경받고 카리스마 넘치는 보고 서장은 거칠고 무뚝뚝한 리더처럼 행동하며 임무를 지시하지만, 속으로는 주디를 아끼고 있다. 그는 주디의 열정을 인정하지만, 언젠가는 그녀가 나서야 할 때와 그러지 말아야 할 때를 구분할 수 있게 되길 바란다.

Disney 주토피아 2

디즈니 주토피아 2 소설

1판 1쇄 펴냄 2026년 1월 15일
글 스티브 벨링
옮긴이 이민정
펴낸이 하진석
펴낸곳 ART NOUVEAU
주소 서울시 마포구 월드컵북로5가길 8-6
전화 02-518-3919
팩스 0505-318-3919
이메일 book@charmdol.com
신고번호 제2016-000164호
신고일자 2016년 6월 7일
ISBN 979-11-91212-56-3 03840

Disney

주토피아 2

차례

1장

누군가 주디 홉스와 닉 와일드를 의외의 조합이라고 한다면 그건 둘에 대해 그나마 점잖게 표현한 셈이었다. 주디로 말하자면 주토피아 경찰서 최초의 토끼 경찰로, 자신의 실력을 입증하겠노라 결심한 강단 있는 토끼였다. 반면 닉은 '편법'을 일삼는 한낱 거리의 여우에 지나지 않았다.

둘은 포식자들을 몰아내고 초식 동물들만 남겨 주토피아를 장악하려 했던 던 벨웨더 전 시장의 음모를 폭로한 바 있었다. 벨웨더는 모든 범행을 자백했고, 주디와 닉은 이 자백을 당근 펜에 고스란히 담아냈다.

그 후 닉은 뜻밖에도 주토피아 경찰서(ZPD)에 합류하여 주디의 공식적인 업무 수행 파트너가 되었다. 새로 부임한 말 시장 브라이언 윈드댄서는 그들이 한 팀이 되었음을 축하했다. 그는 둘의 관계가 주토피아의 모습을, 그러니까 동물들이 서로의 다름을 포용하며 함께 더 나아지는 모습을 상징한다고 말했다. 어쩌면 그들은 윈드댄서 시장이 줄곧 주창해 온 '다함께 발전하는 주토피아'를 몸소 보여 주는 팀일지도 몰랐다.

주토피아는 빠르게 중대한 시기를 맞이하고 있었다. 에버니저 링슬리라는 스라소니가 도시의 기후 장벽을 발명한 지 100년이 되는 해였다. 이 기후 장벽 덕분에 다양한 기후가 필요한 온갖 동물들이 한곳에서 번성하며 사는 것이 가능해졌다. 물론 파충류들은 예외지만 말이다.

기후 장벽이 발명되었을 무렵 애그니스라는 뱀 한 마리가 기후 장벽의 특허권이 담긴 링슬리 저널을 훔치려 한 적이 있었다. 링슬리 집안의 가정부였던 거북이 셸드릭은 독이 있는 그 도둑을 막으려다 공격당했다. 그 이후로 주토피아에서 뱀은 한 마리도 보이지 않았다.

어느 날 아침, 주디와 닉이 ZPD 본부에 들어섰다. 둘은 각자의 사물함으로 가서 하루를 시작할 준비를 했다.

사무실에 여러 경찰이 모인 가운데, 보고 서장은 조회를 진행하며 그날 있을 업무를 점검했다.

"ZPD에선 파트너십이 성공의 초석이다." 보고 서장이 말했다. "팀이 어떻게 범인들을 소탕하지?"

"매일 같은 마음으로 움직여야 합니다." 몇몇 경찰이 대답했다.

"좋아." 보고 서장이 말을 이었다. "자, 오늘 우리가 주목해야 할 범인은 시의 항만 하역장을 통해 불법 해외 화물을 밀반입해 온 개미핥기 감독관이다."

서장은 문제의 개미핥기 사진을 들어 올려 보였다. 그런 다음 거대한 컨테이너가 보이는 항만 하역장의 또 다른 사진을 가리키며 말했다. "오늘 아침 이 자가 대형 화물을 들여올 거라는 정보가 입수되었다. 호그보텀 경감과 트러플러 경감이 지휘를 맡는다."

호그보텀과 트러플러는 멧돼지들로, 둘은 멋진 팀이었다.

"선발대는 명령이 떨어질 때까지 대기한다." 호그보텀이 말했다. "홉스와 와일드는 신참이니 오직 관찰만 해라. 차량 안에 머물러 있도록."

호그보텀은 주디와 닉이 앉아 있던 쪽을 쳐다보았다. 하지만 자리는 비어 있었다.

"홉스와 와일드는 어디 있는 거지?" 그녀가 물었다.

그때 복도에 있던 클로하우저 경관이 머리를 쑥 내밀었다. 그는 손으로 풍선을 쥔 채 말했다. "아, 둘이서 생일이 어쩌고 하는 것 같던데요?"

작업이 한창인 시의 항만 하역장은 정신없이 북적였다. 주디는 색색의 풍선이 묶여 있는 유모차를 밀었고, 닉은 포장된 선물들을 잔뜩 안은 채 주디와 나란히 걷고 있었다. 언뜻 보면 유모차에 아기 토끼라도 탄 듯했다.

멀지 않은 곳에선 파란색 상자가 출장 연회 차량에 실리는 중이었다. 우쭐한 표정의 돼지 한 마리가 인근에서 꿀꿀 튜닝 차를 인계받고 있었다.

"칙칙폭폭!" 주디가 유모차 안을 들여다보며 말했다. "여기가 칙칙폭폭 기차들을 전부 보관하는 곳이란다."

근처에서 누군가와 거래 중이던 개미핥기의 눈에 주디와 닉이 들어왔다. 그는 둘을 불렀다.

"이봐!" 개미핥기가 큰 소리로 외쳤다. "잠깐만! 거기 둘! 여긴 전부 통제 구역이야. 들어오면 안 된다고."

"들어오면 안 되는군요. 그럼 이렇게 합시다. 케이크 한 조각을 조용히 가져다드릴 테니, 여기 계신 책임자와 사진 몇 장만 찍게 해 주시면 안 될까요? 보스에겐 비밀로 하고 말이죠." 닉이 카메라를 들어 보이며 말했다.

"보스는 *나야*." 개미핥기가 닉의 카메라를 밀쳐내며 말했다.

개미핥기의 명찰을 빤히 쳐다보던 주디가 말했다. "스누틀리 개미핥기 감독관님, 이 컨테이너들 안에 해외에서 밀반입된 불법 물품 같은 건 없는지 단속하고 계시는군요."

닉은 너무 티 내는 것 아니냐는 식으로 주디를 쳐다봤다.

"분명히 말해 두지." 개미핥기가 입을 열었다. "당장 여기서 나가는 게 좋을 거야."

주디는 곧장 맞받아치려 하자, 닉이 말을 가로막았다. "그래, 우리가 좀 더 신중했어야 했는데… 그렇지, 자기?" 닉은 탄식하듯 말했다. “아이 생일을 축하해 준답시고 항만 하역장에 불쑥 찾아오기나 하고 말이야.”

“생일…이라고?” 개미핥기가 물었다.

“네, 그렇답니다.” 주디가 거들었다.

“그러니까 사고를 당하고 나서 맞이하는… 첫 번째 생일이죠.” 닉이 이렇게 말하는 동안 주디가 닉의 등을 다정하게 쓰다듬었다. “이 말썽꾸러기 녀석의 유일한 소원이 뭔지 아세요? 네, 떨어진 꼬리를 언젠가 다시 붙이는 건 빼고 말이죠. 바로 칙칙폭폭 기차들을 구경하는 거랍니다….”

닉이 유모차 안을 들여다보자 아기가 그를 올려다보았다.

사실 유모차에 탄 건 아기가 아니었다.

그는 닉의 옛 사기꾼 친구 핀닉으로, 아기 토끼 옷을 입고 장난감 기차를 손에 들고 있었다.

“깁스를 한 곳에 기차 승무원의 사인까지 받는다면 더할 나위 없겠죠. 아, 세관 감독관님께서 사인해 주신다면 더 좋고요.”

“그래, 알겠어. 알겠다고.” 개미핥기가 하는 수 없다는 듯 말했다.

닉이 개미핥기에게 검은색 매직펜을 건넸다. “여기 있습니다, 감독관님. 다리에 해 주셔도 좋고… 팔까지 전부 하셔도 상관없어요. 그냥 아무 데나 편하게 써 주시면 됩니다.”

스누틀리 개미핥기 감독관이 매직펜을 가져가는 사이, 닉은 잽싸게 장난감 기차를 주디에게 넘겼다. 주디는 장난감 기차를 열어 자물쇠를 딸 때 필요한 도구들이 들어 있는 것을 확인했다. 감독관이 사인에 정신이 팔린 틈을 타 주디는 거대한 화물 컨테이너 쪽으로 다가갔다. 잠시 자물쇠와 씨름하던 주디는 얼마 지나지 않아 딸깍하며 경쾌하게 열리는 자물쇠 소리를 들을 수 있었다.

바로 그때, 무전기에서 보고 서장의 쩌렁쩌렁한 음성이 흘러나왔다. "홉스와 와일드 경관! 자네들은 내가 허락한 적 없지 않나! 즉시 중단하고 지원팀이 올 때까지 기다리도록!"

무전기 소리는 스누틀리 감독관의 귀에도 들어갔다. 그는 자신이 속임수에 넘어갔다는 사실을 단번에 알아차렸다. 그가 유모차 안을 흘깃 내려다본 순간 아기 역시 그를 올려다보았다.

"안녕." 핀닉이 말했다.

"경찰놈들이잖아!" 스누틀리 감독관은 외마디 소리를 지르며 닉을 한쪽으로 밀쳐 내고는 그대로 달아났다.

"거기 서!" 주디가 소리쳤다. "법의 이름으로 멈춰!"

2장

스누틀리 감독관은 법이든 뭐든 간에 그 어떤 이유로도 멈출 생각이 없었다. 그는 출장 연회 차량에 뛰어올랐다. 스누틀리가 가속 페달을 밟자, 차량은 타이어 마찰음을 내며 급히 출발했다.

멀어져 가는 스누틀리를 바라보며 닉이 말했다. "뭐, 다음번에 잡으면 되지."

닉과 주디가 출장 연회 차량을 바라보며 서 있는데, 뒤쪽에서 요란한 경적 소리가 들려왔다.

"길 좀 비켜!"

주디가 돌아보니 아까 그 우쭐거리던 돼지가 화려한 새 꿀꿀 튜닝 차를 몰고 막 떠나려던 참이었다.

닉에게 미소를 지어 보이며 주디가 말했다. "지금 당장 잡으러 가자."

주디와 닉은 순식간에 꿀꿀 튜닝 차를 가로챘고, 그 바람에 거만한 돼지는 유모차에 탄 핀닉 옆에 덩그러니 남게 되었다.

주디는 가속 페달을 힘껏 밟으며 곧 출장 연회 차량을 따라잡았다.

“홉스와 와일드 경관, 현재 도난당한 출장 연회 차량을 타고 도주 중인 용의자를 추적 중입니다. 용의자는 양들의 마을을 가로질러 동쪽으로 향하고 있습니다.” 주디가 무전기에 대고 말했다.

주디는 꿀꿀 튜닝 차를 운전하며 양들의 마을의 한적한 거리를 따라 스누틀리를 쫓았다. 스누틀리가 양들의 이발소를 지나며 충돌한 양털 바구니는 곧장 꿀꿀 튜닝 차 쪽으로 날아들었다. 바구니는 꿀꿀 튜닝 차에 부딪혔고, 양털이 사방으로 흩어졌다.

“이봐, 네가 운전대를 잡을 때마다 내 머리카락이 하얗게 세는 것 같아.” 닉이 말했다. “그리고 말이야, 조수석은 왜 항상 내 차지인 거지? 사실 역할 분담을 할 거라면….”

닉이 말을 채 마치기도 전에 경찰 사이렌이 요란하게 울렸다. 닉이 옆으로 흘끗 눈을 돌리자, 경찰 특공대 차량이 그들 옆에 멈춰 섰다.

“물러서, 신참들!” 호그보텀 경감이 말했다. “진짜 팀이 처리하도록 놔둔다!”

“어, 저희도 진짜 팀입니다만.” 주디가 발끈하며 말했다.

“터널로 가, 지름길이야.” 닉이 호그보텀 경감의 말을 무시하며 말했다.

주디는 스누틀리를 잡고 말겠다고 다짐하며 운전대를 급히 왼쪽으로 틀었다.

스누틀리는 가속 페달을 밟으며 반대 방향으로 나 있는 진입로를 향해 달렸다. 그러나 백미러를 쳐다보니 주디와 닉이 여전히 따라붙고 있는 게 아닌가! 나지막이 투덜대며 스누틀리는 계속 백미러를 주시했다. 자신이 주토피아 100주년 기념식장을 향해 달리는 줄도 모르고서 말이다!

출장 연회 차량은 퍼레이드 표지판을 들이받았다. 앞 유리가 보이지 않게 되자 스누틀리는 창밖으로 얼굴을 내밀었다.

쾅!

스누틀리는 교통 표지판에 머리를 부딪쳐 기절했고, 조수석으로 꼬꾸라지듯 쓰러졌다. 운전석이 빈 출장 연회 차량은 퍼레이드 행렬을 향해 멈출 줄 모르고 돌진했다.

꿀꿀 튜닝 차에 탄 주디는 상황이 어떻게 돌아가는지 전부 지켜보았다. 그녀는 자신이 행동하지 않으면 상황이 순식간에 최악으로 치달을 것임을 잘 알고 있었다. 주디가 꿀꿀 튜닝 차에 탑재된 *돼산화질*소통을 작동시키자 차는 갑자기 엄청난 속도로 질주하기 시작했다.

주디와 닉이 출장 연회 차량에 가까워지자 주디가 말했다. "뛰어내릴게!"

주디가 좌석 위로 올라가 금방이라도 뛸 것 같은 포즈를 취하자, 닉은 운전석으로 미끄러지듯 들어가서 운전대를 잡으려고 애썼다.

"뭐라고? 안 돼, 안 돼, 그러지 마! 너 지금 뭘 하려는 거야?"

닉이 믿을 수 없다는 듯 외쳤다. "홍당무, 이봐, 파트너 회의를 소집하고 싶어! 홍당무?"

닉은 주디를 말리려 했지만, 출장 연회 차량으로 뛰려던 주디가 균형을 잃고 휘청거리게 만드는 게 고작이었다.

어찌 되었든 주디는 매달리는 데 성공했다. 그녀는 차 안으로 몸을 끌어올렸다. 이제 그녀는 정확히 퍼레이드 장소를 향해 돌진하는 중이었다. 본능적으로 브레이크를 밟으려 했지만, 키가 너무 작아서 페달에 발이 닿지 않는다는 것을 깨달았다! 재빨리 머리를 굴린 주디는 운전대 아래로 몸을 축 늘어뜨린 채 브레이크를 밟으며 운전을 계속했다. 앞이 보이진 않았지만, 그녀는 차가 방향을 트는 걸 느낄 수 있었다.

도로를 벗어난 출장 연회 차량은 주토피아 창립자의 동상 쪽으로 직행했다. 동상 주변에는 윈드댄서 시장의 연설을 듣고 있던 주토피아 시민들로 가득했다.

시장이 말했다. "자, 이제 기후 장벽을 만들어 낸 우리의 에버니저 링슬리를 기리며 잠시 묵념합시다."

시민들이 머리를 숙인 바로 그 순간, 출장 연회 차량은 동상을 들이받았다! 차량 밖으로 튕겨져 나온 스누틀리는 근처에 서 있던 경찰차로 곤두박질쳤다.

차에서 대기 중이던 두 얼룩말 경찰은 자신들의 행운을 믿을 수 없었다. 그들은 서로를 쳐다보며 외쳤다. "지브로!"

잠시 후 닉이 꿀꿀 튜닝 차를 몰고 도착했고, 그 사이 주디는 출장 연회 차량 운전석에서 정신을 차리고 있었다. 뒷문이 열리는 소리가 들린 것 같았다. 주디는 뒤를 돌아 출장 연회 차량의 뒤쪽을 슬쩍 보았다. 거기엔 개봉된 파란색 상자가 놓여 있었고, 내용물이 여기저기 흩어져 있었다. 상자 안에는 주토피아 100주년 기념 팸플릿, 마커, 각종 용품이 있었는데, 그중에서도 주디가 한눈에 알아본 건 바로… 뱀 허물이었다!

"저 둘은 그야말로 통제 불능입니다! 뭔가 조치를 취하셔야 합니다! 웃음거리가 되었단 말입니다! 정말 말도 안 돼요!"

보고 서장의 사무실 안에서 호그보텀 경감의 목소리가 크게 울려 퍼졌다. 주디와 닉은 마치 교장실에 불려간 두 아이처럼 복도에 앉아 있었다.

대기하는 동안, 주디는 휴대폰으로 *'기묘한 파충류 이야기'*라는 팟캐스트 영상을 보았다. 습지 마켓에서 벌어지는 파충류 관련 미스터리와 소문을 다루는 프로그램이었다.

"주토피아가 포유류만의 도시는 아니죠." 팟캐스트 진행자인 니블스 메이플스틱이라는 이름의 비버가 말했다. "알려지진 않았지만 소수의 파충류가 살고 있단 말입니다. 아, 물론 뱀은 없지만요. 적어도 100년 동안 이곳에 뱀은 단 한 마리도 보이지 않았죠."

그때 보고 서장의 고함에 팟캐스트 시청은 중단되고 말았다.
"토끼! 주황색 개! 당장 이리로 와!"

두 파트너는 불안한 눈빛을 주고받으며 보고 서장의 사무실로 들어갔다. 서장실에는 오전의 추격전에 참여했던 다른 경찰들이 있었다. 모두 조금씩 다친 듯했고, 아무도 행복해 보이지 않았다.

"서장님, 오늘 추격전이 이상적이진 않았지만, 그래도 개미핥기를 체포하긴 했으니까요…." 주디가 말문을 열었다.

"얼룩말들이 잡았지!" 보고 서장이 소리쳤다.

"지브로!" 두 얼룩말 경찰이 합창하듯 말했다.

"그를 체포한 건 우리야." 주디가 강조했다. "하지만 더 중요한 것은, 저희가 중요한 발견을 했다고 생각합니다. 도난 차량에는 출처를 알 수 없는 밀반입된 상자가 있었고, 주토피아 100주년 기념 팸플릿과 어떤 파충류의 허물이 들어 있었습니다. 검사를 위해 이미 샘플을 보냈고…."

"검사가 필요한 건 바로 *자네*들이야! 둘이서 도시를 쑥대밭으로 만들어 놨으니!" 보고 서장이 쏘아붙였다. "즉시 중지하라는 명령을 자네들은 불복했나, 안 했나?"

"서장님, 저희는 추격 중이었습니다. 그리고 규정 제6조 B항에 따르면 책임 경관들은…."

"자네들은 책임 경관이 아니야!" 보고 서장이 고함을 질렀다. "자네 둘은 단 한 번 두각을 나타냈을 뿐이야. 다시 주차 단속을 하거나 발바닥 하드나 파는 게 맞겠지!"

보고 서장은 주디와 닉을 제외한 모두를 나가게 했다. 모두가 나가자, 보고 서장은 한숨을 내쉬었다.

"홉스 경관, 어찌 되었건 말이야, 난 자네를 좋아하네." 서장은 한결 부드러워진 목소리로 말했다. "하지만 이런 지나친 행동 때문에 오늘 둘 다 헤드라인을 장식했네. 이건 나나 우리 부서, 솔직히 자네의 뒤를 이으려는 모든 토끼에게도 나쁜 영향을 미치지. 자네는 왜 이 사실을 깨닫지 못하는 건가? 모든 사건이 세상을 구하는 건 아니야."

서장의 조언이 마음에 와 닿자, 주디가 그를 바라보았다.

"똑똑. 안녕하세요." 닉이 말했다. "두 분만 하셔야 할 이야기인 것 같으니, 그럼 전 이만…."

"자네는 왜 매사를 진지하게 받아들이지 않는 건가?" 보고 서장이 다그쳤다.

"농담은 어린 시절 트라우마를 겪은 사람들이 쓰는 전형적인 방어기제입니다."

"*성년기*에도 트라우마를 겪길 원하는가?" 보고 서장이 위협했다.

"절대 싫습니다."

주디와 닉을 바라보던 보고 서장은 사무실을 둘러보았다. '홉스와 와일드, 사건 해결에 성공하다'라고 적힌 신문이 그의 눈에 들어왔다.

"난 자네들이 한 팀으로 일하는 걸 허락했어." 서장이 말했다. "그건 바로 자네들이 이 시에 크게 기여했기 때문이지. 그런데 오늘 자네들은 모든 걸 망쳐 버렸어. 그래서 이제는 애초에 자네 둘이 파트너로 일하는 게 옳은 선택이었는지 의문을 품는 무리들도 생겼다고."

보고 서장은 주디를 바라보며 말을 이었다. "*자넨* 너무 지나쳐."

그런 다음 그는 닉에게 말했다. "*자넨* 너무 무신경하고."

"음, 뭐 그렇죠." 닉이 대답했다.

"이건 심각한 문제야. 만일 자네 둘이 뜻을 같이할 수 없다면 난 둘을 갈라놓을 수 밖에 없네. 홉스와 와일드란 팀 자체가 없어지는 거지. 이것이 현 시간부로 자네들이 더 이상 상상의 파충류들을 쫓지 말아야 할 이유다!" 서장이 말했다.

"저, 서장님…." 주디가 말했다.

"다른 어떤 사건도 쫓아선 안 되네. 자네들 같은 팀을 위해 마련된 아주 특별한 임무 하나만 빼고 말일세."

보고 서장은 미소를 띠고 있었지만 친근함이라곤 전혀 느껴지지 않았다. "이 임무에 실패하면… 난 자네 둘을 갈라놓는 수밖에 없어. 하지만 자네들이 생각하는 것처럼 실력이 있다면, 지금이 바로 자네들의 능력을 보여 줄 기회야."

3장

잠시 후 주디와 닉은 ZPD 내의 다소 따분해 보이는 방 안에 앉아 있었다. 그곳에는 다른 경찰들도 참석했는데, 다들 각자의 파트너와 나란히 앉은 상태였다. 방 앞쪽에는 아마 그 누구도 본 적 없을 만큼 귀엽고 복슬복슬한, 그야말로 세상에서 가장 사랑스러운 동물이 서 있었다.

귀엽고 복슬복슬한 데다 사랑스럽기까지 한 쿼카가 모인 경찰들을 바라보며 미소 지었다.

"위기의 파트너들 수업에 오신 걸 환영해요." 그녀는 뒤쪽 벽에 비친 슬라이드 화면을 가리키며 말했다. "이 수업은 재앙으로 치닫는 2인조 팀을 위한 워크숍이에요. 전 여러분의 치료를 담당할 퍼즈비 박사입니다. 여러분이 여기 오신 이유는, 서로 맞지 않는 파트너들이 관계를 유지하려면 좀 더 많은 노력이 필요하기 때문입니다."

경찰들을 둘러보던 퍼즈비 박사는 한 경찰이 파트너의 털을 다듬으며 벌레를 잡아 주는 것을 보았다. 그의 파트너는 그다지 행복해 보이지 않았다.

"그레그, 그 부분에 대해선 이야기했을 텐데요?" 퍼즈비 박사가 말했다. "우리는 말론을 어떻게 만들고 있죠? 불편하게 만들고 있죠. 네, 바로 그겁니다."

몇 자리 건너편에 있던 초조해 보이는 코끼리가 말론과 그레그를 쳐다보다가, 고개를 돌려 쥐를 보고는 짧은 비명을 질렀다.

"그리고 프랜신, 클라크가 쥐이긴 하지만 그래도 그 전에 당신의 파트너잖아요." 퍼즈비 박사가 말했다. "그리고 우리에게 두 명의 새로운 '따로 또 같이' 파트너가 생겼네요. 두 분이 어떻게 이 '엉망진창 교차로'까지 오게 되었는지 말씀해 주시겠어요? 얼마나 오랫동안 힘들어하셨나요?"

주디는 말을 꺼낼 용기를 내느라 잠시 머뭇거렸다.

"그러니까 저흰 *파트너*가 된 지 일주일 되었어요." 주디가 닉을 쿡 찌르며 말했다. "기념일 축하해. 그런데 사실 저희 둘의 관계는 전혀 문제가 없어요. 아주 잘 지내고 있죠. 아니, 잘 지내는 정도가 아니라 훨씬 더 좋아요. *게다가* 저희 둘이 이 도시를 구했잖아요. 그러니까 말하자면 저희가 여기 있는 건 뭔가 큰 오해인 것 같아요."

퍼즈비 박사는 고개를 끄덕여 보이고는 나머지 그룹을 향해 돌아섰다. "그녀가 어떻게 먼저 대답했는지, 파트너가 말할 틈도 주지 않았는지, 마치 현실을 부정하는 듯한 태도를 보였는지, 그리고 불편함을 감추려고 발끝으로 바닥을 두드리는 모습을 잘 살펴보세요."

주디의 눈이 휘둥그레졌다. 그제서야 그녀는 자신이 발로 바닥을 두드리고 있다는 사실을 깨달았다. 그녀는 즉시 동작을 멈췄고, 닉은 미소를 지었다.

"그리고 그녀가 불편함을 느끼는 원인을 관찰하세요." 퍼즈비 박사가 말을 이었다. "그것은 감정적으로 불안정한 그녀의 파트너가 보여 주는 단절된 태도에서 나타납니다."

닉의 얼굴에서 미소가 사라졌다. 그곳에 짝지어 앉은 다른 파트너들이 자신과 주디를 쳐다보고 있었기 때문이었다. 그들은 마치 자신들이 도움이 절실히 필요한 처지인 것처럼 두 사람을 빤히 쳐다보고 있었다.

"하지만 열심히 노력한다면 2년 차쯤에는 그들도 뜻을 같이하게 될 거예요." 퍼즈비 박사가 말했다. "일단 지금은 평소처럼 팀원에게 인사하는 것으로 시작하죠. 누가 먼저 하시겠어요? 고마워요, 조엘."

사슴 조엘이 파트너인 벌꿀오소리 캐런 쪽으로 몸을 돌렸다. 조엘이 캐런을 향해 미소를 짓자, 캐런은 경악했다.

"좋아요. 안타깝게도 캐런은 조엘의 미소를 공격 신호로 받아들였군요." 퍼즈비 박사가 말했다. 그녀는 분무기를 집어 들더니 캐런에게 물을 뿌렸다. "진정해요, 캐런. 캐런, 긴장을 풀어 봐요. 자, 안전 단어는 *파인애플*이에요."

"파인애플!" 조엘이 소리쳤다. "파인애플이라고!"

"누가 호스 좀 가져다 줘요!" 퍼즈비 박사가 명령했다.

퍼즈비 박사가 캐런에게 연신 물을 뿌려대는 동안 주디와 닉은 서로를 쳐다봤다. 우리가 대체 무슨 일에 휘말린 거지?

영원히 계속될 것만 같았던 워크숍이 마침내 끝났다. 주디와 닉은 캐런이 여전히 이성을 잃고 있을지도 모르는 답답한 방을 벗어나게 되어 기뻤다.

"서장님이랑 다시 면담을 잡고 사건에 복귀하자. 넌 말대꾸를 줄여야 해. 아예 하지 않는 게 좋을지도." 주디가 사물함 쪽으로 다가가며 말했다.

닉이 근처 자판기에서 음료수를 꺼냈다. "그래." 닉이 주디에게 말했다. "아니면 *내* 계획대로 조용히 숨어 있는 것도 방법이고."

"저 방에 갇혀 있으면 우리의 능력을 증명할 수 없어." 주디가 말했다.

"그렇다고 덩치 서장 앞에서 불만을 말했다간 우리를 여기에 더 오래 있게 할 거야." 닉이 지적했다. "현명하게 행동하고, 눈에 띄지 말고, 그것 때문에 너무 신경 쓰지 마, 알겠지? 우린 드림팀이니까!"

닉은 자판기로 다가가 탄산음료 캔 하나를 끄집어냈다. 그는 그것을 주디에게 던졌지만, 그녀는 받을 준비가 되어 있지 않았다.

캔은 석고보드 벽을 뚫고 들어가 버렸다.

주디와 닉은 구멍 안쪽을 들여다보았다. 곧 탄산음료 캔은 누군가의 컴퓨터로 날아가 충돌한 상태였다. 컴퓨터의 주인은 IT 부서, 즉 정보기술 부서에서 일하는 폴 몰데브란트였다.

“미안해, 폴!” 닉이 말했다. 곧 탄산음료 캔이 터져 몰데브란트의 온몸을 뒤덮었고, 주디와 닉은 서둘러 그곳을 벗어났다.

출구를 향해 걷던 둘은 아까 있었던 차량 추격전에 대한 자신들의 뉴스 보도를 보고 있던 경찰 몇 명을 지나쳤다. 경찰들이 웃음을 터뜨렸다.

주디는 화가 나서 씩씩댔다.

“이건 좀 아니지 않아?” 주디가 말했다.

“하나만 물어볼게.” 닉이 말했다. “넌 우리가 좋은 파트너라고 생각해?”

“물론이지.” 닉과 함께 회전문을 통과하며 주디가 대답했다. “난 그저… 우리가 해낼 거라고 누군가 응원해 주는 느낌이 들었으면 좋겠어.”

밖으로 나오자, 닉이 걸음을 멈추고 주디를 바라보았다.

“우린 꼭 해낼 거야…. 점보 팝 금요일도!” 그가 말했다. “이젠 근무 시간이 끝났으니깐!”

“이 개집 신세에서 벗어나기 전까지 밤에 쉬는 일은 없어.” 주디가 말했다.

“그건 개를 비하하는 말이잖아…. 그리고 어쩌면 보고 서장이 한 가지는 맞은 것 같아. 우리 중 하나는 지나치게 일하는 것을 좋아하는 것 같거든."

"그리고 다른 하나는 우리를 불편하게 만드는, 정서적으로 불안정한 근원일 수도 있다는 말도." 주디가 말했다. 그런 다음 그녀는 들고 있던 파트너십 관련 책자를 닉에게 건넸다. "우리가 파트너 수업 과정을 빨리 통과할수록 업무 복귀 시기도 더 당겨질 거야." 주디가 해맑게 말했다. "잘 읽어 봐. 내가 아까 두 권 챙겨 놨었어!"

"차라리 내 팔을 뜯어먹겠어." 닉이 말했다. 그곳을 떠나 걷던 주디가 웃으며 말했다. "기념일 축하해!"

주디는 우편물을 잔뜩 끌어안고 자신의 아파트에 막 들어섰다. 그녀는 부모님인 보니와 스튜와 영상 통화를 하기 시작했다.

"그래, 뉴스 봤어. TV에 나왔더구나." 보니가 말했다. "괜찮은 거니?"

"그럼요, 별일 없이 잘 지내요. 엄마." 주디가 거짓말을 했다.

"어휴." 스튜가 말했다. "*별일 없다*는 건 제발 도와달라는 신호 아니었나."

"네 여우 파트너는 뭐라고 하니?" 화제를 돌리며 보니가 물었다.

"닉도 자기 방식대로 일하는 거죠." 주디가 대답했다.

"있잖니, 너희 둘은 참 다른 것 같아." 보니가 말을 이었다. "한쪽은 농장에서 자란 작은 도시의 영웅이고…"

"다른 한쪽은 거리에서 자란 대도시의 사기꾼이지." 스튜가 끼어들었다. "파트너십의 첫 번째 규칙을 기억해 두렴. 옳거나, 행복하거나 둘 중 하나여야 해."

"맞는 말이야." 보니가 맞장구쳤다.

그러고 나서 스튜와 보니는 누가 상대방을 화면 밖으로 밀어내고 있는지를 두고 다투기 시작했다. 그 순간 주디는 통화를 끝내야겠다고 생각했다.

"잘 지내렴, 아가야." 보니가 말했다.

"사랑해요! 안녕히 계세요! 안녕!"

마침내 주디는 전화를 끊었다. 정말이지 기나긴 하루였다. 그녀가 하고 싶었던 일은 오직… 집으로 가져온 사건 파일을 읽는 것뿐이었다. 그러다가 그녀의 눈길이 파트너십 책자로 향했다.

안타깝게도 선택의 여지가 없었다. 그 사건이든 다른 어떤 사건이든 조사할 희망이라도 갖고자 한다면, 주디는 닉과의 파트너십부터 개선해야 했다.

주디는 적막을 채울 소리를 위해 TV를 켰고, 파트너십 책의 구절에 형광펜으로 표시해 나가기 시작했다.

작업을 하는 동안, 그녀는 주토피아 100주년에 관한 뉴스를 들었다.

"하지만 오늘 밤, 우리는 서로의 차이점 따윈 접어 두고 주토피아 100주년 연회를 통해 한 세기 동안 다져 온 유대를 축하할 것입니다. 이곳에서는 특허받은 기후 장벽의 설계도가 담긴 링슬리 저널도 100년 전 그 사건 이후 처음으로 공개될 예정입니다." 리포터가 말했다.

주디는 TV를 올려다보았다. 그녀는 화면을 통해 링슬리 저널의 영상이 나오고 있었다.

"바로 이 때문에 연회의 보안이 이토록 강화된 것입니다." 리포터가 말을 이었다.

이제 주디의 귀에 뉴스는 더 이상 들어오지 않았다. 그녀는 집으로 가져온 사건 파일에 집중하고 있었다. 그 안에는 출장 연회 차량의 파란색 상자에서 나온 주토피아 100주년 연회 팸플릿이 들어 있었다. 팸플릿을 펼친 주디는 동그라미로 표시된 링슬리 저널 사진 한 장을 발견했다. 사건 파일에는 도둑맞은 출장 연회 차량의 사진도 들어 있었다. 그녀는 차량의 로고를 유심히 살펴보았다. 그 로고는 뉴스에서 본 연회장으로 들어가던 출장 연회 차량의 그것과 일치했다.

"같은 차로군." 주디가 나지막이 말했다.

휴대폰을 집어 든 주디가 검색 창에 '*링슬리 저널*'을 입력하자 '*기묘한 파충류 이야기*'와 관련된 또 다른 영상이 나타났다. 그녀는 재생 버튼을 눌렀다.

"구독자 여러분도 아시다시피 기후 장벽 건립 100주년이 되는 해는 주토피아 유일의 뱀 공격 사건이 일어난 지 100주년이 되는 해이기도 합니다." 니블스가 말했다. "링슬리 가문의 가정부였던 거북이 토르토이즈 셸드릭이 독니에 물린 비극적인 사고 말입니다. 그녀는 링슬리 저널을 훔치려는 독사를 저지하려다 그만 물리고 말았죠. 이후로는 주토피아에서 뱀이 목격된 적은 없지만, 저는 뱀이 돌아올 것이라고 확신합니다. 단 하나 궁금한 게 있다면 뱀이 나타날 때 그 뱀이 반바지를 입고 올지, 아니면 긴 양말 한 짝을 신고 올지 하는 것이죠."

주디의 머릿속은 이제 뱀에 대한 생각으로 가득 차 있었고, 파트너십 책자 따위는 잊은 지 오래였다.

4장

지하에 자리한 자신의 아파트로 들어선 닉은 파트너십 책자를 다른 용도로 활용했다.

그는 책자를 탁자 다리 아래로 밀어 넣어 탁자를 똑바로 고정시켰다.

그런 다음 주방에서 땅콩버터 한 병을 가져와 소파에 편안히 자리 잡은 후 윈드댄서가 나오는 액션 영화를 보기 시작했다.

영화가 흥미진진해지려는 찰나 그의 전화가 울렸다.

"이런, 이런." 닉이 전화를 받으며 말했다. "벌써 내가 보고 싶어진 거야?"

"예전에 독사들이 링슬리 저널을 훔치려 했어. 그럼 그들이 그걸 다시 훔치러 오면 어쩌지?" 주디가 말했다.

"이게 네가 파트너십 책을 공부하는 방식이야?" 닉이 대답했다.

"뱀 허물이 발견된 도난 차량은 연회장 케이터링 서비스를 맡은 회사 차량이잖아!"

“뱀들은 정말 오랫동안 주토피아에 발을 들이지 않았어.” 닉이 다소 회의적으로 말했다. “뭐, 그것도 발이 있을 때 얘기지만 말이야.” 닉은 문 두드리는 소리를 들었다. 그는 문을 열기 위해 움직이며 말했다. “우린 이미 곤경에 처했어, 홍당무. 피자도 도착했고. 난 가 봐야 해.”

닉이 곧장 현관문을 열었지만, 피자는 없었다. 오직 주디만 있었다.

“만약 연회장에서 뱀이 이빨을 드러내는 일이 벌어지는데 우리가 아무것도 하지 않는다면, 우린 제 역할을 못 하는 거야.” 주디가 닉의 엉망진창인 아파트 안을 들여다보며 말했다. “앗, 네가 날 절대 초대하지 않은 이유가 있었구나.”

닉은 아파트를 보려는 그녀의 시야를 꼬리로 가리려 애쓰며 말했다. “여우들은 고독을 즐기는 법이야. 봐, 네 말대로 우리가 행동을 개시했는데 예상이 빗나갔다고 생각해 봐. 그땐 보고 서장이 분명 우릴 갈라놓고 말 거라고.”

“우리가 빨리 성공해서 훌륭한 파트너란 걸 보여 주지 못해도 서장은 어쨌든 우릴 갈라놓을 거야.” 닉을 설득하려 애쓰며 주디가 말을 이었다. “주변을 살피고 조금 염탐하다가 아무것도 못 찾으면 빠져나오자. 이 일은 시도해 봐야 해.”

잠시 침묵이 흐른 후, 닉이 말했다. “좋아, 하지만 보안 검색대는 통과해야 해. 그리고 이 고급스러운 동네에 여우랑 토끼는 어울리지 않을 거야.”

주디는 망설임 없이 주차 관리 요원용 조끼를 닉 앞에 던졌다.

"주황색이 잘 어울려서 다행이야!" 주디가 말했다.

둘은 재빨리 닉의 아파트를 나와 주디의 낡은 주차 단속 카트에 올라탔다.

"이것 봐, 이번에도 네가 운전석이잖아." 닉의 말이 끝나기 무섭게 주디가 출발했다.

주토피아의 유명인사들과 엘리트들이 링슬리 대저택에 도착하면서 연회장은 현란함과 화려함으로 환하게 빛났다. 주토피아 100주년을 성대하게 축하할 준비가 된 것이다.

주디와 닉 역시 도착했는데, 화려함은 덜했고 우아함은 그보다도 더 부족했다. 주차 단속 카트 안에서 그들은 야외 무대를 볼 수 있었다. 팝스타 가젤이 호랑이 댄서들을 뒤에 두고 관객 앞에서 열정적으로 노래를 부르고 있었다. 그녀는 늘 그렇듯 매혹적이었지만, 주디는 자신이 공연을 즐기러 온 것이 아님을 잘 알고 있었다. 그들은 사건을 해결해야 했다.

그들은 윈드댄서 시장이 도착하는 것을 보았다. 시장은 저택으로 들어가기 전에 언론 앞에서 간단한 가라테 시범을 선보였다.

리무진 한 대가 밖에서 멈춰 서더니 북극땃쥐 한 마리가 북극곰들에게 둘러싸인 채 걸어 나왔다. 주토피아에서 유명한 범죄 조직의 두목, 미스터 빅이었다. 사진작가가 미스터 빅의 사진을 찍으려 했지만, 북극곰들이 카메라를 부숴버렸다.

입구 쪽으로 더 다가간 주디와 닉은 에버니저 링슬리의 손자 밀턴을 보았다. 그는 자녀인 캐트릭과 키티와 함께 서 있었다. 기자들이 링슬리 가족에게 몰려들었다.

"링슬리 씨, 회사를 곧 자제분들 중 한 명에게 물려줄 거란 소문이 사실입니까?" 한 기자가 물었다.

"누구에게 물려주실 건가요?" 다른 기자가 질문했다.

캐트릭이 기자들을 피해 밀턴을 안내했다. 밀턴 가족은 주토피아 100주년 기념 확장 계획을 세우고 있었지만, 아직 세부사항은 공개할 준비가 되지 않았다.

한편 주디와 닉은 주차 단속 카트를 타고 경비를 피해 슬쩍 지나갔다. 앞쪽에 스누틀리가 훔쳤던 것과 똑같은 출장 연회 차량 몇 대가 보였다. 그중 한 대의 아래에는 눈이 녹아 있었다.

"이건 더 따뜻하네. 툰드라 타운의 파충류가 추위를 견디려면 이런 온기가 필요할지도 몰라…." 주디가 말했다.

둘은 카트에서 뛰어내려 해당 차량으로 다가갔다. 닉은 천천히 차 문을 열고 안을 들여다보았다.

"세상에! 독사다!" 닉이 숨을 헐떡이며 차 안을 가리켰다. "창문뱀. 맞지?"

재미없다는 듯한 표정의 주디가 손전등으로 닉의 얼굴을 비췄다. 그러다가 그녀는 뭔가를 발견했다. 저택의 옆문이 살짝 열려 있었다.

주디가 문 쪽을 가리키자 닉이 말했다. "문은 누구든 저런 식으로 슬쩍 밀어 둘 수 있는 거야. 그리고 네가 말한 건 슬쩍 엿보기였지 무단 침입은 아니었잖아. 게다가 복장 규정이 주차 관리 요원처럼 차려입기도 아닐 테고."

눈 깜짝할 사이, 주디는 주차 단속 카트에 실어 둔 더플백에서 멋진 턱시도 한 벌을 꺼내 들었다.

"아, 그래. 우린 늘 들어가고 보는 거지." 닉이 말했다. "알겠어. 같은 생각이란 건 *네* 생각을 말하는 거였구나."

"이런 걸 위장이라고 하는 거야, 자기야." 주디가 말했다. "네 건 여기 있으니까 어서 갈아입도록 해. 난 차에서 갈아입을게."

닉이 투덜대며 정장으로 갈아입는 동안 주디는 차 안으로 사라졌다.

잠시 후, 닉은 정장을 차려입고 커프스단추를 채우려고 했다. 그는 주디가 발바닥 하트 모양의 커프스단추를 가져다준 것을 알아차리고는 씩 웃었다.

닉이 단장을 마치자 주디가 차에서 내렸다. 주차 단속 요원 복장을 벗어던진 그녀는 이제 눈부신 드레스를 입고 있었다. 완벽히 정리된 그녀의 귀 역시 우아한 분위기를 더했다.

"주토피아 100주년 연회잖아…. 이 토끼님도 갖출 건 갖춰야지." 그녀가 말했다. "있잖아. 나도 예전에는 이런 곳에 잠입하는 걸 꿈꾸곤 했어."

닉의 정장 깃에 꽃 한 송이를 꽂아 주며 주디가 미소 지었다.

“이봐… 이건 의외로 나쁘지 않은데?” 닉이 말했다.

“와, 거의 칭찬처럼 들리는데.”

“사실 나빴던 걸로 치자면 네 귀를 그렇게 치장한 거지.” 닉이 우스갯소리를 했다.

주디는 연회장으로 들어가면서 파트너를 장난스럽게 툭 쳤다.

그때 로브 차림의 한 형체가 두 사람 뒤로 닫히는 문을 붙잡아 세웠다.

확연히 비늘 모양의 꼬리를 가진, 로브를 입은 형체였다….

저택 안에선 연회가 한창이었다. 하지만 주디는 머릿속에 온통 한 가지 생각뿐이었다. 그녀는 링슬리 저널이 어디에 보관되어 있는지 알아내야 했다.

“뱀은 대체 왜 낡아빠진 그 책을 훔치려는 걸까?” 닉이 질문했다.

“누구도 그 책을 훔치지 못해. 우리가 그걸 지켜 낼 거니까.” 주디가 그에게 일러 두었다.

그런 다음 주디는 닉에게 서로 떨어지더라도 소통할 수 있도록 이어컴이라는 장치를 건넸다.

“와.” 주디가 커다란 이어컴을 한쪽 귀에 끼워 넣자 닉이 말했다.

“VIP 구역으로 이동 중, 오버.” 주디가 이어컴을 통해 보고했다.

“그래, 나 여기 있어. 그런데 넌 주변과 좀 어울려야 하지 않을까.” 닉이 말을 이었다. “그건 그냥 옷만 갖춰 입는다고 되는 게 아냐…. 뭐랄까, 네가 풍기는 분위기에 달린 거라고."

바로 그때 주디는 자신들이 이 연회에 온 진짜 이유를 발견했다. "저기야!" 그녀가 말했다.

주디는 닉의 시선을 삼엄한 경비가 있는 방의 다른 곳으로 돌렸다. 두꺼운 아크릴 케이스 안에, 위풍당당한 눈표범 세 마리가 지키고 있는 링슬리 저널이 있었다.

"경비가 충분하지 않은 것 같은데." 닉이 무표정하게 말했다. "괜찮아, 안전해. 그리고 기념품 가게에서도 복사본을 살 수 있는데 왜 뱀이 *저걸* 훔치려고 하겠어?"

일리 있는 질문이었다. 주디 역시 그 점이 의아했다. 저널의 원본이 뭐가 그리 중요하기에 뱀은 그렇게까지 그걸 훔치려는 걸까?

"가까이 가서 한번 봐야겠어." 주디가 말했다. "주의를 좀 끌어 봐."

"이건 눈치껏 조용히 지내는 거랑 *정반대*인걸." 닉은 그렇게 말하며 돌아서다가, 실수인 척 유리잔 더미에 부딪혔다.

유리잔들이 떨어져 안에 든 음료가 흘러나오는 광경을 지켜본 주디는 씩 웃더니 이렇게 말했다. "넌 정말 최고라니까."

모든 시선이 닉과 쏟아진 음료에 쏠린 사이, 주디는 재빨리 경비 요원들을 지나쳤다. 이제 그녀는 어느 때보다 링슬리 저널에 가까워졌다.

닉의 시선이 주디를 쫓아가다가 호그보텀 경감과 거의 부딪힐 뻔했다. 다행히 이 민첩한 여우는 제때 간신히 몸을 숨겼다. 그때 닉은 보고 서장이 연회장에 들어와 무대 근처로 향하는 것을 보았다.

한편 주디는 저널이 들어 있는 아크릴 케이스를 자세히 들여다봤지만, 금속 표지가 있다는 것 외엔 별다른 특이점을 찾아볼 수 없었다. 책을 살피던 주디는 펼쳐진 페이지에 이렇게 쓰여 있는 걸 보았다. "소유권 증서 – 에버니저 링슬리, 발명가."

이상하게도 책의 한 페이지가 찢겨 나간 것처럼 보였다.

"3시 방향에 그루펄로 버펄로 님 입장, 오버."

이어컴을 통해 닉의 목소리가 들려왔다. 주디는 고개를 들어 보고 서장을 바라보았다. 그녀는 그의 눈에 띄지 않게 몸을 숙였다. 그러고는 다시 저널을 보려다가 실수로 스라소니와 부딪쳐 그의 음료를 쏟았다.

"아, 죄송합니다. 정말 미안해요." 그녀가 사과하자, 스라소니도 비슷한 사과를 했다.

주디가 스라소니의 잔을 잡아 주는 동안 스라소니는 쏟아진 음료를 닦으려고 애썼다.

"물티슈 드릴까요?" 주디가 스라소니에게 물티슈를 건네며 말했다. 그때서야 그녀는 스라소니가 방금 자신에게 똑같은 말을 했다는 것을 깨달았다.

"스라소니 징크스. 난 징크스가 있는 스라소니예요."

주디와 스라소니는 둘 다 코웃음을 터뜨렸다. "난 주디. 주디 홉스라고 해요."

“난 포버트예요.” 스라소니가 말했다. “잠깐만. 당신이 그 주디 홉스란 말인가요? 혹시 지금 수사 중인 건가요? 아, 그러니까 사건을 *해결하고* 있군요.”

당황한 주디가 얼버무렸다. “그러니까, 난… 어… 난 말이에요, 음….”

닉은 어깨너머로 주변을 살피다가 포버트와 웃고 있는 주디를 발견했다. 저기서 뭘 하는 거야?

“그럼, 이번 사건은 뭔가요?” 포버트가 주디 쪽으로 몸을 기울이며 물었다. “또 다른 시장을 체포하려는 건가요?”

포버트는 몇몇 파티 참석자들에게 다시 한번 자신의 가라테 실력을 과시하고 있던 윈드댄서 시장을 가리켰다.

“어, 아니요, 사실은… 그러니까 그냥 직감이 그래서예요. 저거… 저걸 보호하는 중이에요.” 주디가 링슬리 저널을 가리키며 말했다.

“그거 잘됐네요. 나도 경비 요원이 부족하다고 생각하던 참이었거든요.” 포버트가 말했다.

닉은 이어컴으로 주디가 과하다 싶을 정도로 크게 웃는 소리를 들었다. “저건 *내* 농담이었는데.” 닉이 말했다.

주디는 닉의 목소리에 방해받지 않으려고 이어컴을 꺼 버렸다.

“있잖아, 난 그 자가 마음에 안 들어.” 주디가 더 이상 듣지 않고 있다는 사실을 모른 채 닉이 말했다. “그리고 여긴 아무것도 없다고. 오늘 밤은 이 정도로 하고 철수하지, 홉스 경관.”

주디가 왜 응답하지 않는지 의아해하며 닉은 자신의 이어컴 장치를 빼내다가 실수로 떨어뜨리고 말았다. 바닥에 손을 뻗어 그것을 주우려던 닉은 종이처럼 보이는 무언가를 보았다. 아니, 정확히 종이는 아니었다. 이건 얇고 거의 투명한 데다 울퉁불퉁한 질감을 가지고 있었다.

마치 뱀 허물 같은 감촉이었다.

5장

음악 소리가 커지자, 주디는 포버트에게서 한 걸음 물러섰다.

"만나서 반가웠어요." 주디가 말했다. "저널은 걱정 안 해도 될 것 같네요."

바로 그때, 밀턴 링슬리가 자신의 자녀들인 캐트릭과 키티와 함께 무대 쪽으로 걸어왔다.

"넌 원래 무대 아래에 있기로 했잖아, *포버트*." 캐트릭이 날카롭게 쏘아붙였다.

"그래, 내려가 있어, *포버트*." 키티 역시 똑같이 비꼬는 말투로 말했다.

그 순간 어떤 생각이 번쩍하고 주디의 머리를 스쳤다.

"가만," 주디가 말했다. "그럼 당신 혹시…"

"그래요, 난 링슬리 집안사람이에요." 포버트가 말했다. 그리고 나서 돌아선 그는 밀턴 링슬리를 바라보며 말했다. "안녕하세요…, 아빠."

"제발, 포버트." 캐트릭은 주디와 저널이 있는 곳 근처에서 아버지를 부축하며 포버트를 나무랐다.

"이 행사가 끝나고 나면 전부 다시 금고에 넣어 둬야 한다." 밀턴이 말했다.

"홉스 경관." 이어컴을 다시 귀에 낀 닉이 말했다. "내가 뭔가 발견한 것 같아…."

하지만 이번에도 응답은 없었다.

그때 윈드댄서 시장이 무리를 향해 연설을 하기 시작했다.

"주토피아 100주년 연회에 오신 걸 환영합니다. 많은 분이 참석해 주셨군요…. 만나서 반갑습니다! 무엇보다 우리 위대한 도시의 유산을 지켜 온 제3대 선구자를 소개하게 되어 매우 기쁩니다…. 밀턴 링슬리 씨!"

"홍당무." 닉이 이어컴을 통해 다급하게 말했다. "내가 단서를 찾았어."

여전히 응답은 없었다.

무대에 있던 이들이 모두 아래로 내려가자, 밀턴 링슬리가 무대에 올랐다. 그의 뒤로 보이는 화면에는 기후 장벽의 초기 모습부터 오늘날에 이르기까지의 모습이 고스란히 담긴 이미지들이 떠올랐다.

"감사합니다. 정말 감사합니다, 여러분." 밀턴이 말했다.

"홍당무." 닉이 낮은 목소리로 외쳤다.

여전히 주디의 대답은 없었다. 문득 천장을 올려다본 닉은 링슬리 저널 위쪽에 샹들리에가 걸려 있는 것을 발견하였다.

기분 탓일까, 아니면 정말 저 위에 누가 있는 걸까?

닉은 샹들리에를 좀 더 자세히 보기 위해 북적이는 동물들 속을 헤쳐 나갔다. 그러다가 누군가에게 부딪혔는데… 그가 잽싸게 닉의 목덜미를 움켜잡았다.

"아직 복귀하지 말라고 했을 텐데."

그는 바로 보고 서장이었다!

닉은 도망치려 하다가 서까래 사이에서 무언가 움직이는 것을 보았다.

"서장님, 제 말 좀 들어보세요." 닉이 말했다. "주디 경관이 옳았어요…."

"자넨 이제 끝이야." 보고 서장이 말했다. "너희 둘 다 끝이라고."

"잠깐만요." 닉이 애원했다.

서장이 닉을 끌어내려 하자 닉은 발버둥을 쳤다.

"홍당무!" 닉이 외쳤지만 아무 소용이 없었다.

한편 주디는 트러플러 바로 앞에 서 있었다. 그녀는 북적이는 동물들 너머로 버둥대는 닉을 보았다. 조명등을 발로 차 넘어뜨리는 닉을 보며, 주디는 그가 뭘 하려는 건지 의아해했다. 빛이 천장을 가득 채우자 저널 위에 달린 샹들리에가 두드러져 보였다.

거기에는 조명 장치에 매달린, 로브를 걸친 형체가 있었다!

"제 조부께서는 모든 동물을 위한 도시 건설을 꿈꾸셨지요." 밀턴 링슬리는 주변에서 무슨 일이 벌어지는지 알아차리지 못한 채 말을 이었다. "그러니 그분의 업적 100주년을 기념하는 가장 좋은 방법은 우리 도시를 확장하여 더 많은 동물들이 함께 더 나은 삶을 누릴 수 있도록 하는 것이 아닐까요."

갑자기 로브를 걸친 형체가 샹들리에에서 무대로 뛰어내렸다. 형체가 고개를 들면서 로브를 두른 게 뱀이라는 것이 분명해졌다.

연회장은 순식간에 조용해졌다.

그러자 윈드댄서 시장이 말했다. "뱀이다!"

동물들이 공황 상태에 빠지면서 평온했던 분위기는 순식간에 사라졌다. 모두가 출구로 몰리자 얼룩말 경찰들은 윈드댄서 시장을 안전한 곳으로 안내했다.

혼란을 틈타 뱀은 케이스 안에 든 저널을 훔쳐 냈다. 그런 다음 밀턴을 꼬리로 감싸고 저널과 함께 휘감아 데려가 버렸다!

주디는 뱀을 쫓아갔다.

"거기 서!" 호그보텀과 트러플러가 소리쳤고, 닉은 간신히 보고 서장의 손아귀에서 빠져나왔다.

"주디!" 닉이 외쳤다. "주디!"

주디는 객석 뒤쪽으로 뱀을 쫓았고, 닉은 주디와의 거리를 좁히려 안간힘을 썼다. 하지만 주디와 뱀은 너무도 빨랐다.

추격전은 링슬리 저택의 뒤쪽 복도까지 이어졌고, 뱀은 서재처럼 보이는 곳의 문을 열었다. 방 안에는 주토피아 100주년 기념 확장 계획서에 따라 제작한 거대 모형이 놓여 있었다. 불이 활활 타오르는 커다란 벽난로도 보였다.

뱀이 밀턴을 내려놓았다. 그리고 그는 저널이 담긴 케이스를 밀턴 앞에 두었다. 케이스에는 망막 스캐너가 있고, 거기엔 잠금장치가 달려 있었다.

"해치지 마시오. 협조하겠소." 밀턴이 말했다.

"거기에 눈을 대시오." 뱀이 대답했다.

밀턴이 눈을 갖다 대자 잠금장치가 그의 망막을 스캔했다. 케이스가 열렸다. 뱀이 저널을 꺼내려고 다가가는 순간, 주디가 서재로 들이닥쳤다.

"멈춰!" 주디가 외쳤다.

"와, 당신 정말 빠르군. 대단해!" 뱀이 말했다.

"이봐, 그를 다치게 할 건 없잖아." 뱀과 밀턴을 향해 한 발짝 나아가며 주디가 말했다.

"다치게 한다고? 뱀들은 절대 누굴 해치지 않아. 우린 악당이 아니니까." 뱀이 말했다. 그러고는 밀턴을 향해 고개를 끄덕여 보이며 말했다. "악당은 *저*들이지. 그걸 증명할 비밀이 이 저널에 담겨 있다고. 그리고 내가 그 사실을 증명해 내면, 우리 가족도 드디어… 집으로 돌아올 수 있게 될 거야."

주디는 자신을 보며 미소 짓는 뱀을 보고 깜짝 놀랐다. 뱀은 어딘지 모르게 너무도 솔직하고 진실해 보였다…. 주디는 실제로 그의 말이 사실일지도 모른다고 생각했다.

하지만 주디가 무언가를 하기도 전에, 쿵 하고 큰 소리가 났다.

그 소리의 주인공은 프라이팬을 손에 든 닉이었다. 그가 방금 프라이팬으로 뱀을 내려친 것이다.

닉은 만족스러운 듯 고개를 끄덕이며, 뱀이 쓰러지면서 밀턴 링슬리와 저널을 놓아 버리는 모습을 지켜보았다.

"우! 내가 왔어!" 닉이 숨을 헐떡이며 말했다. 그러고는 밀턴 쪽으로 몸을 돌려 이렇게 말했다. "안녕하세요. 홉스와 와일드 경관입니다. 그야말로 드림팀이죠. 제가 그를 잡았네요. 아니면 그녀일 수도 있고요. 파충류니까요. 그인지 그녀인지 누가 알겠어요."

주디는 그저 눈을 크게 뜬 채 닉을 바라볼 따름이었다. 자신의 파트너가 방금 뭘 한 걸까? 그녀는 링슬리 저널을 집어 들려고 몸을 구부렸다.

"그건 내가 가져갈게요, 홉스 양." 밀턴이 말했다. 그때 캐트릭과 키티가 서재로 들어왔다.

"경찰들이 바로 뒤에 오고 있어요." 키티가 말했다.

"뱀을 죽이고 저널은 태워 버려. 비밀이 숨겨져 있다면 위험하니깐." 밀턴이 말했다. 곧이어 그는 주디를 바라보며 말했다. "물론 뱀을 막은 공은 당신들이 가져야죠. 오늘 같은 날엔 두 분께도 좋은 일이 필요하니까요. 자, 이제 저널은 내게 줘요."

그때 다른 쪽 문에서 쾅 하는 소리가 들려왔다.

"자넨 이 도시를 잘 알 테지, 거리의 여우 씨." 밀턴이 말을 이었다. "파트너와 한번 잘 상의해 보게."

닉은 링슬리 저널을 들고 있는 주디를 쳐다봤다. 그는 주디를 너무도 잘 알았다. 그는 그녀가 저널을 건네지 않을 거라고 확신했다.

주디는 저녈을 쳐다본 후 캐트릭과 키티 쪽을 흘끗 쳐다봤다. 남매가 뱀 쪽으로 걸음을 옮기자 주디가 발로 빠르게 바닥을 치기 시작했다. 닉은 그 의미를 잘 알고 있었다.

주디는 눈 깜짝할 사이 벽난로의 부지깽이를 발로 차 양탄자에 불이 붙게 했다! 닉은 탈출할 수 있도록 창문을 열어젖혔다. 바깥 공기에 노출되어 있던 유리창이 그의 손에 닿자 차갑게 느껴졌다.

"홍당무, 우린 이제 가야 해!" 닉이 말했다.

"뱀을 구하게 좀 도와줘!" 밀턴이 불길에 움찔하는 사이, 주디가 말했다. "닉!"

시간이 없었지만, 주디가 한번 마음먹은 건 절대 번복하지 않는다는 사실을 닉은 잘 알고 있었다. 주디는 저녈을 내려놓고 뱀을 들어 올리려 했지만, 그녀의 힘으론 역부족이었다. 닉이 뱀의 꼬리를 잡았다. 닉의 차가운 손에 놀라 정신을 차린 뱀이 소리쳤다.

"차갑잖아!"

깜짝 놀란 뱀은 몸을 홱 돌리다가, 마침 서재로 들어서던 보고 서장의 머리를 강하게 들이받았다. 뱀의 송곳니 하나가 보고 서장의 머리를 찔렀다.

대참사가 벌어진 것이다!

닉은 놀란 표정으로 주디를 쳐다봤다. 의식을 잃기 시작한 보고 서장이 두 파트너를 노려보았다.

"서장님…?" 주디가 말했다.

"자네들은 정말이지 최악의 파트너야…." 서장이 말했다. 그러고는 의식을 잃었다.

송곳니가 여전히 서장의 머리에 박힌 채, 뱀이 말했다. "서장은 괜찮을 거야. 해독제가 있으니까. 해독제를 맞으면 살 수 있어."

"홉스 경관! 무슨 일을 벌인 건가?!"

호그보텀 경감이 복도를 걸어오며 말했다. 그녀가 보기엔 주디와 닉이 뱀과 한패인 것만 같았다. 그래서 그들이 방금 보고 서장을 쓰러뜨렸다고 생각한 것이다!

"아니에요, 호그보텀 경감님. 잠시만요!" 주디가 말했다.

"저들이 뱀을 도왔어요!" 캐트릭이 소리쳤다. "저들이 서장을 죽이려 들었다고요!"

"저자들을 끌어내!" 호그보텀이 명령했다. 보고 서장의 부재 시에는 그녀가 ZPD의 최고 책임자였다.

닉이 주디를 붙잡는 사이, 그녀는 의미없는 항의를 했다.

"*파트너*, 어서 가자!" 닉은 이렇게 말하며 주디와 함께 뱀을 창밖으로 던졌다.

"안 돼, 잠깐만!" 뱀이 찬 공기에 몸을 떨며 말했다. "저널이 필요해. 스웨터도 있으면 좋고. 아악!"

바닥에 떨어진 링슬리 저널을 집어 든 주디는 창문으로 뛰어올라 닉과 합류했다. 문득 아래를 내려다본 그녀는 헉 하고 숨을 들이켰다. 땅에서 무려 4층이나 되는 높이에 있었던 것이다! 아래쪽에서 덜덜 떨던 뱀은 대기 중인 사이드카가 달린 오토바이 쪽으로 스르르 기어갔다. 누군가 오토바이에 앉아 있었지만, 주디는 그게 누군지 알아볼 수 없었다.

그러자 오토바이는 뱀을 태운 채 밤의 어둠 속으로 사라졌다.

갑자기 퓩, 퓩, 퓩 소리가 나더니, 주디와 닉의 옆쪽 벽에 걸려 있던 에버니저 링슬리의 초상화로 마취 다트들이 박혔다.

"엎드려! 움직이지 마!" 호그보텀 경감이 명령했다.

주디와 닉은 서로를 바라본 다음 창밖을 한 번 더 내다보았다. 더 많은 다트가 발사되자, 초상화는 결국 벽에서 떨어지고 말았다. 닉은 초상화를 거머쥔 채 주디와 손을 잡았다.

"다음엔 집에 있자?" 닉이 말했다.

그리고 둘은 뛰어내렸다.

6장

"저들이 도주한다! 어서 움직여! 어서!" 위층 창문에서 경찰이 소리쳤다.

아래로 떨어지던 주디와 닉은 초상화 위로 착지하게 되었다. 그들은 초상화를 임시 썰매 삼아 언덕을 미끄러져 내려가며 링슬리 저택에서 멀어졌다.

저택을 에워싼 숲은 ZPD 경찰들로 가득했지만, 달아난 2인조를 붙잡진 못했다.

튀어나온 무언가에 부딪힌 닉은 몸에 지니고 있던 당근 펜이 갑자기 재생되는 바람에 깜짝 놀랐다.

"난 정말 멍청한 토끼야." 당근 펜에서 주디 목소리가 나왔다.

"저런 내용이 녹음된 줄 몰랐네." 닉이 말했다. 그는 주디의 표정을 확인한 후 이렇게 덧붙였다. "이건 정말 우연이야. 그리고 네가 한 말이잖아. 난 안 그랬다고."

마침내 둘은 올라타 있던 초상화에서 떨어졌고, 경찰들이 비추는 손전등 불빛이 그들 주변을 어지럽게 휘저었다. 주디는 대책을 세우느라 머릿속이 복잡해졌다.

하지만 그녀가 미처 계획을 세우기도 전에 리무진 한 대가 갑자기 나타났다. 뒷좌석 창문이 내려가자, 미스터 빅의 웃는 얼굴이 나타났다.

"트렁크에 집어넣어." 미스터 빅이 명령했다.

그러자 커다란 북극곰들이 주디와 닉을 들어 올려 리무진의 트렁크에 던져 넣었다.

둘은 리무진이 출발하는 걸 느낄 수 있었다.

뉴스는 순식간에 주토피아 전역으로 퍼져 나갔다. 기자들은 주토피아를 건립한 가문의 가족들이 뱀에게 공격을 받았으며, 이 독사에게 도움을 준 이들이 다름 아닌 ZPD 경찰 주디 홉스와 닉 와일드라는 사실을 보도했다!

기자들은 주디의 부모님까지 인터뷰하려 했지만, 두 분 모두 주디를 옹호하며 무죄를 주장했다.

모든 폭로에 온 도시가 충격에 휩싸였지만, 윈드댄서 시장만큼은 보고 서장이 해독제를 투여받은 후에 살아났음을 알리며 안도했다.

한편 링슬리 저택에서는 초조해 보이는 시장과 밀턴 링슬리가 만남을 가지고 있었다.

“저 뱀을 처리해야겠소.” 윈드댄서 시장이 말했다.

“여우랑 토끼도.” 밀턴이 덧붙였다. “지금까지 저들이 끌어내린 시장이 몇이나 되는지 아나?” 시장에게 가까이 다가서며 밀턴이 말했다. “그들을 없애 버리게.”

“하지만… 법이란 게 있지 않소?” 시장이 말했다. 밀턴이 듣고 싶지 않은 말이었다.

“한 번만 말하겠네, *브라이언*. 저널을 찾아와…. 그리고 그 녀석들을 어딘가에 묻어 버려. 아니면 내가 시장을 잘못 정한 건가? 내가 정말 시장을 잘못 뽑은 건가?”

얼마 지나지 않아 윈드댄서 시장은 ZPD 본부에 도착했고, 경찰들이 주디와 닉과 뱀을 검거하러 출동하는 모습을 지켜보았다.

두 파트너는 도로의 덜컹거림을 고스란히 느끼며 침묵 속에 길을 달렸다. 잠시 후 주디의 휴대폰이 울렸다. 주디는 발신자 번호를 확인했다.

주디의 부모님이었다.

주디는 부모님이 단념하길 바라며 울리는 전화를 무시했다.

하지만 보니와 스튜는 쉽게 물러서지 않았다.

그들은 딸에게 문자를 보냈다. 뉴스를 보고 주디가 걱정되었다고 말이다.

주디가 문자를 읽으며 걱정스러운 표정을 지었다. 이를 알아차린 닉이 따뜻한 미소를 지어 보였다.

"이봐… 저들은 제일 먼저 휴대폰부터 추적할 거야." 그가 말했다.

그런 다음 닉은 쇠지렛대로 주디의 휴대폰을 부숴 버렸다.

"미안. 법망을 피해 도망 다녀 본 적이 없어서." 주디가 말했다.

"그래, 이런. 어쩌면 말이야… 우린 그 연회장에 가지 말았어야 했는지도 몰라." 닉이 웃으며 말했다. "그거 알아? 내가 하나하나 따지는 스타일은 아닌데… 사실 속으로는 세고 있거든."

주디는 닉의 말이 웃기지 않았다.

리무진이 멈춰 섰다.

"좋아. 지금까진 네 방식에 따랐어. 미스터 빅이랑 일할 땐 내 방식으로 하자." 닉이 말했다. "암흑가 출신 파트너의 덕을 톡톡히 볼 때가 왔다고."

트렁크가 열리자, 닉은 커다란 북극곰들의 얼굴을 쳐다봤다.

"레이먼드! 그리고 저쪽은 케브던가…." 닉이 말하려는 순간, 북극곰들은 그들을 밖으로 끌어냈다. 곰들은 두 사람을 커다란 분홍색 가방 위에 올려 뒀다.

주디는 주변을 둘러보았다. 그녀는 그들이 거대한 창고 안에 있음을 확인했다. 또 다른 북극곰이 작은 의자를 내려놓더니 그걸 홱 하고 돌려놨다.

의자에는 미스터 빅과 그의 딸 프루프루가 앉아 있었다.

"내 창고에 온 걸 환영해!" 프루프루가 말했다.

창고 안에서는 북극곰들이 커다란 가방을 만들고 그걸 운송용 상자에 집어넣어 포장하느라 분주했다.

"드레스가 참 예쁘군요." 프루프루가 주디에게 말했다.

"아, 고마워요." 주디가 대답했다.

닉은 이 모든 상황이 마음에 들지 않았다.

"우린 저 *여자분*과 이야기할 거야." 미스터 빅이 주디를 쳐다보며 말했다. "프루프루는 이제 나와 동등한 파트너로서 가족 사업을 운영하고 있지. 그녀가 범죄와 패션에 관해 멋진 아이디어를 내놓고 있거든…. 덕분에 난 가장 중요한 일, 꼬마 주디스의 할아버지 노릇에 더 집중할 수 있게 되었지." 미스터 빅이 말을 이었다. "어쨌건 너흰 곤경에 처했고, 우리는 너희 중 한 명을 좋아하니까 도와주려는 거야."

프루프루가 손가락을 튕기자 북극곰들이 주디와 닉에게 가방 몇 개를 가져다주었다.

"새 옷이랑 신분증이야. 마을을 떠나는 트럭은 한 시간 뒤에 출발해. 너희들이 몰던 주차 단속 카트는 우리가 처리해 뒀어." 프루프루가 말했다.

주디는 북극곰 한 마리가 자신의 주차 단속 카트를 쓰레기 압축기에 던져 넣는 걸 지켜보았다. 그녀의 더플백이 밀려 나와 바닥에 떨어졌다.

"저기… 뭔가 오해하신 것 같은데요." 주디가 말했다. "링슬리 가문이 우리에게 누명을 씌운 거라고요. 게다가…."

주디스가 그의 무릎 위로 기어올랐지만 미스터 빅은 움직임이 없었다. "주디, 링슬리 집안사람들은 킬러들이야…. 명예 따윈 안중에도 없지. 그들에게 주토피아 100주년 기념 확장 사업은 수십억 달러의 가치가 있다고. 그러니까 네가 얽힌 일이 그자들의 자산을 위협한다면… 자넨 죽은 목숨이야. 애초에 고양이들과 싸우지 말고, 그냥 떠나."

"선생님, 염려해 주시는 건 잘 알겠지만, 저희는 이 도시를 지키겠다고 맹세했어요…. 그리고 정의는 도망가지 않아요." 주디가 말했다.

주디는 파트너를 흘깃 보고는 깜짝 놀랐다. 그가 가짜 콧수염을 붙이고 북극곰들이 건네준 가방에서 꺼낸 완전히 색다른 분위기의 옷을 입고 있었기 때문이었다. 그는 새로운 신원 정보가 담긴 가짜 신분증도 손에 쥐고 있었다.

"그러니까… 저 릭 와일드와 트루디 캐비지패치 양을 대신해서, 트럭으로 우리를 구해 주셔서 감사합니다. 그리고…."

주디는 닉의 털북숭이 얼굴에서 가짜 콧수염을 떼어냈다.

"저희는 제안을 받아들일 수 없어요." 그녀가 말했다. "저흰 이 사건을 반드시 해결할 거거든요."

"이봐, *저희*라는 말을 너무 쉽게 쓰는군." 닉이 말했다.

주디는 파트너의 말을 무시하며 미스터 빅에게 물었다. "혹시 뱀이 왜 저널을 원하는지 아시나요? 링슬리 가문에서 뭘 숨기고 있는 걸까요?"

"나도 그걸 알았으면 좋겠구먼." 미스터 빅이 말했다. "하지만

일단 *뱀과* 관련된 일이라면… 파충류랑 얘기해 보는 게 최선일 거야."

"아는 파충류가 있으신가요?" 주디가 물었다.

"아는 이들은 거의 없어." 미스터 빅이 대답했다. "그들은 사람들과 떨어져 습지 마켓에서 숨어 지내거든."

"그래도 한번 찾아볼 수는 있어요." 프루프루가 긍정적인 어조로 덧붙였다. "파충류 전문가, 그러니까 어디로 가야 할지 아는 지역 전문가만 있으면 돼요. 다행히 제가 그런 분을 만났어요. 그분은 팟캐스트를 운영하는 분이에요."

그러고 나서 프루프루는 주디에게 커다란 명함을 건넸다. 명함에는 이렇게 적혀 있었다.

니블스
기묘한 파충류 이야기, 습지의 미스터리
24시간 연중무휴

닉은 주디와 눈이 마주쳤다. "안 돼, 트루디 캐비지패치 양. 릭 와일드는 반댈세."

7장

릭 와일드라면 분명 거절했을 것이다. 하지만 닉 와일드는 어땠을까? 닉 와일드의 대답은… 결국 예스였다.

그렇게 해서 닉과 주디는 미스터 빅과 프루프루의 창고 밖 어둠 속에 숨어 있다가, 낡은 나무 소재의 스테이션 웨건 한 대가 멈춰 서는 것을 보게 되었다.

닉이 눈을 가늘게 뜨고 살펴보니 운전석에 비버 한 마리가 앉아 있었다.

니블스였다.

"그래, 좋아!" 비버가 말했다. "난 특종이 필요했지! 그런데 홉스와 와일드가 도주 중이다? 은밀한 수사야말로 내 전문이란 말씀! 으흠!" 차 문을 발로 차서 열어젖히며 니블스가 말했다. "나뭇조각 조심해."

닉이 주디를 째려봤다. 그녀는 닉을 차에 태우려 했지만, 그는 도통 움직일 기미가 없었다.

"그래, 너흰 딱 맞는 비버를 부른 거야." 니블스가 말을 이었다. "파충류와 대화하고 싶다면 내가 제격이지. 진짜 재카로프(뿔 달린 토끼 모습을 한 북미의 신화적 동물 – 옮긴이)랑 이야기하고 싶을 때도 말이야…."

닉은 뒤를 돌아봤다. 그는 북극곰 한 마리가 자신이 탔어야 할 트럭을 몰고 가는 걸 보았다. 그와 주디를 마을 밖 안전한 곳으로 데려다줄 수 있었던 바로 그 트럭 말이다.

"잠깐만." 닉이 주디에게 속삭였다. "팀 회의 좀 하자고. 난 저 비버 반대야. 투표를 새로 하는 건 어때. '상황이 정리될 때까지 살아남기 위해 납작 엎드려 있기 마을'로 가는 트럭에 찬성하는 사람?"

닉은 손뿐 아니라 꼬리까지 들어 보였다.

"그런 건 계획이라고 볼 수 없지." 주디가 말했다. "우린 누명을 벗어야 하고, 그러려면 그녀와 그 연락처가 필요하단 말이야."

여기서 그녀란 니블스를 뜻했다.

닉은 니블스가 완전히 비이성적이라고 생각했다. "아마 연필을 너무 많이 먹어서 납 중독일 거야." 그가 말했다.

주디는 니블스를 슬쩍 살폈다. 주디는 니블스가 바로 그 순간에 연필을 씹고 있는 걸 보고 깜짝 놀랐다.

"여기에 숨겨진 비밀을 말해 줄 파충류를 알아?" 주디가 저널을 가리키며 닉에게 물었다. "그게 링슬리 집안사람들을 체포하고 우리 누명을 벗겨줄 텐데?"

닉은 알지 못했다.

“24시간이면 돼.” 주디가 말을 건넸다. “지난번보다 절반밖에 안 되잖아! 내일 해 뜰 때까지만 잡으면 되는 거 아니야? ‘주디 캐비지패치’로 결정이야.”

그녀는 트럭을 바라보고 있던 닉에게 손을 내밀었다. 그러자 닉은 한숨을 내쉬며 멀어져 가는 트럭을 뒤로한 채 주디의 손을 잡고 흔들었다.

“트루디 캐비지패치겠지.” 닉이 그녀의 말을 정정했다. “그리고 안전 단어는 *파인애플*이야.”

마침내 닉은 주디와 함께 니블스의 차에 올랐다.

니블스가 마이크에 대고 말했다. “축축한 지하도의 어둠 속에 있던 그들이 차에 올라탔네…. 자신들의 삶이 영영 바뀔 거란 걸 깨닫지 못한 채.”

“우리가 파충류를 만날 거라서?” 주디가 물었다.

“이제부터 니블스 메이플스틱이랑 단짝이 될 거니까 그렇단 말이지!” 비버가 대답했다. “탱고를 추려면 둘이 필요하지만, 셋이 모이면 대단한 무언가를 할 수 있다고! 그럼 파충류를 찾아서 늪을 한번 휘저어 볼까!”

“파인애플.” 닉이 말했다.

습지 마켓은 주디와 닉이 지금껏 한 번도 경험해 보지 못한 지역이었다. 이곳은 물과 땅을 오가며 살아가는 해양 및 반수생 포유류들을 위해 특별히 설계된 장소였다.

"습지 마켓이야!" 니블스는 물을 가리키며 감탄하며 말했다. 그러다 카메라를 자기 쪽으로 돌리더니 이렇게 말했다. "이 공기 좀 마셔 봐! 우!"

닉은 공기 따윈 마시고 싶지 않았다. 그가 원하는 건 이 일을 얼른 끝내 버리는 거였다. 닉은 북극곰들이 챙겨 준 변장 도구 세트에서 벙거지 모자와 가짜 콧수염을 꺼내 썼다.

주디는 링슬리 저널을 바짝 당겨 쥔 채 시장을 걸어 다녔다. 그녀는 물고기를 먹는 코끼리 물범과 험상궂은 하마의 등에 문신을 새겨 넣고 있는 쥐 떼를 보았다.

마켓 한쪽에는 워터슬라이드처럼 보이는 튜브가 여러 개 있었다. 반수생 포유류 한 무리가 튜브로 뛰어들 차례를 기다리며 줄을 서 있었다. 누군가 튜브로 뛰어들 때마다 튜브는 각기 다른 방향으로 날려 보냈다.

"자, 그 책의 비밀과 뱀이 그걸 원하는 이유에 대해 아는 파충류가 있다면, 그건 바로 내 도마뱀 친구 헤수스일 거야."

"왜 도마뱀이 숨어서 사는 거지… 여기에?" 주디가 혼잣말처럼 중얼거렸다.

"음, 파충류에게 적합한 환경이 많지 않기도 하고, 마켓은 항상 좀 *특이한* 친구들이 모이는 곳이기도 하니까." 니블스가 잠시 말을 멈추더니 이렇게 덧붙였다. "비버식 농담이야."

"우드처클스와 함께하는 투어라니. 정말 좋네." 닉이 주디에게 말했다.

주디는 닉을 툭 치며 말했다. "우린 그녀가 필요하다고."

니블스는 두 파트너를 부두 쪽으로 데려갔다. "헤수스의 은신처로 가려면 배를 타야 해." 니블스가 설명했다. "여기 주민들은 내가 상대할게. 물에서 사는 친구들은 육지 동물들에게 좀 쌀쌀맞거든."

닉은 태연해 보였다. "뭐, 난 열두 살 때부터 거리에서 잔뼈가 굵었다고. 저글링 하는 물개 정도는 상대할 수 있지."

그리 멀지 않은 곳에선 닉이 진짜로 저글링하는 물개라고 생각했던 존재가 그를 노려보고 있었다.

"*바다사자*야." 니블스가 그의 말을 바로잡았다. 그러고는 바다사자에게 말했다. "이 자는 여기 출신이 아니야."

"하지만 돈은 돈이니까." 닉은 저글링하는 바다사자의 양동이에 얼마간의 잔돈을 던져 넣으며 말했다.

"동전은 질식의 위험이 있어." 니블스가 양동이를 가리키며 말했다.

닉은 그제야 양동이의 경고 문구를 확인했다. **동전 금지. 물고기만 넣으시오.**

닉은 어깨를 으쓱하며 말했다. "뭐, 일부러 그런 건 아니라고."

그러고는 바다사자의 지느러미를 가볍게 토닥이자 바다사자들은 극도로 흥분하며 날뛰었다.

"그러면 안 돼!" 니블스가 말하며 또 다른 경고 문구를 가리켰다. **바다사자를 만지지 마시오.**

"니블스한테 맡기자." 주디가 말을 제안했다.

니블스는 둘을 데리고 부두를 따라 내려가다가 낡은 종 앞에 멈춰 섰다. 그녀는 종을 울리며 말했다. "고마워, 주디스. 이 아름다운 바다 생물들과 대화하는 법은 아주 멋진 파트너 수업에서 배운 것과 똑같아. 필요한 건 마음을 열고 예의를 지켜 가며 소통하는 거야."

그런 다음 니블스는 커다란 물고기를 주디와 닉의 팔에 안겼다. 잠시 후 루스라는 거대한 바다코끼리가 물 위로 나타났다.

"이봐, 친구." 니블스가 말을 건넸다.

"이봐, 친구." 루스가 대답했다.

니블스와 바다코끼리 루스는 한동안 "이봐, 친구"라는 말을 조금씩 변형한 말들과 함께 온갖 소음과 입소리를 주고받았다.

주디와 닉은 무슨 일이 벌어지고 있는지 전혀 몰라 서로를 멍하니 쳐다볼 따름이었다.

마침내 니블스가 물었다. "헤수스 본 적 있어? "

"응." 루스가 대답했다.

그러고는 루스는 주디와 닉이 들고 있던 커다란 물고기를 먹어 치운 뒤 물속으로 들어가 버렸다.

여태 시간 낭비를 한 건가? 닉은 생각했다. 그는 벙거지 모자를 벗어 부두에 내던졌다.

"이제 마을을 떠나자." 닉이 니블스에게 말했다.

그러나 잠시 뒤 루스가 한 번 더 물 위로 모습을 드러냈는데, 이번에는 등을 대고 누워 있었다. 그리고 그의 배 위에는 좌석이 있었다.

주디와 닉은 이 바다코끼리가 자신들이 타게 될 배가 될 거란 사실을 깨달았다!

그들이 배에 올라타자 루스는 헤엄치기 시작했다. 그가 내내 주디와 닉을 뚫어질 듯 쳐다보는 바람에 둘은 오싹한 기분이 들 정도였다.

"이런 경험을 하게 해 줘서 고맙군." 닉이 전혀 진심이 아니라는 말투로 파트너에게 말했다.

"기념일 축하해." 주디 역시 쏘아붙였다.

"아, 기념일이었어?" 루스가 진심으로 물었다. 그러더니 그는 버튼을 눌러 LED 조명을 켜 로맨틱한 분위기를 만들었다.

바다코끼리는 줄곧 헤엄쳐 그들을 녹슨 여객선 쪽으로 데려갔다. 여객선의 일부가 물 위로 삐져나와 있었다.

주디와 닉은 몰랐지만, 습지 마켓에 누군가가 막 도착했다.

그 정체는 바로 ZPD의 여러 경찰을 거느리고 나타난 호그보텀 경감이었다.

그녀는 주디나 닉의 흔적을 찾느라 쿵쿵대며 부두 주변을 돌아다녔다. 그때 바닥에 있던 뭔가가 그녀의 눈에 띄었다. 그녀는 그것을 집어 들었다.

벙거지 모자였다.

호그보텀은 주변을 둘러봤지만, 토끼나 여우의 자취는 찾아볼 수 없었다.

"이제 저들을 어떻게 찾지?" 트러플러가 물었다.

경찰들은 누군가 헛기침하는 소리에 뒤를 돌아보았다. 그들 뒤에는 닉이 화나게 했던 저글링 바다사자가 몹시 화난 표정으로 서 있었다. 바다사자는 주디와 닉이 마지막으로 향한 방향을 가리켰다.

트러플러는 고마운 마음에 바다사자의 양동이에 동전을 던져 넣었다.

바다사자가 트러플러를 노려보았다.

"고마워, 물개야." 트러플러가 바다사자의 어깨를 토닥이며 말했다.

그걸로 끝이었다. 바다사자는 이성을 잃고 트러플러와 난투를 벌였다.

"앗! 잠깐만! 안 돼! 미안해!" 트러플러가 외쳤다.

트러플러와 호그보텀은 바다사자에 정신이 팔린 나머지 멀리서 사이드카가 달린 오토바이가 다가오는 것을 눈치채지 못했다.

8장

주디와 닉은 바다코끼리에게서 벗어나게 되어 안도했다. 하지만 한편으론 난파된 여객선에 발을 들이는 것이 그다지 내키지 않았다. 갑판을 따라 내려갈수록 마음이 점점 더 불편해져만 갔다. 주디는 여객선의 둥근 창으로 바깥을 내다보다가 자신들이 어느새 물속에 있음을 알아차렸다.

"조금만 더 가면 돼." 니블스가 말했다. "헤수스와 여러분이 필요로 하는 모든 답이 이 으스스하고 어두운 복도 끝에 있다고."

"외딴섬의 해변에 앉아 *피냐 코알라*를 즐기는 것보다 이편이 더 낫단 말이지…" 닉이 주디를 쳐다보며 말했다. "*피냐*는 *파인애플*이란 뜻이야."

"우리가 합의한 건 24시간이야." 주디가 단호하게 말했다.

"물론이지. 난 그냥… 알다시피 넌 내 파트너고, 지금 좀 불안해 보여. 이때 필요한 게 바로 건전한 재협상이란 거지. 우리 파트너십 책자 63쪽에 나와 있어."

주디는 입가에 미소가 번지며 감탄했다. "너 정말 읽긴 했구나." 그러다 그녀는 문득 한 가지 사실을 떠올렸다. "그 책은 47쪽짜리잖아." 주디는 어이없다는 듯 덧붙였다. "얼른 가기나 해."

"주디, 우리 그냥…? 주디." 닉은 파트너를 설득하려 애썼다.

"우린 도망가지 않을 거라고. 대체 왜 그러는 거야?"

"음, 첫째, 네가 날 억지로 끌고 왔잖아. 알겠어? 그리고 둘째, 꼭 알고 싶다면 말이야. 난… 파충류를 싫어해."

"뭐?" 주디가 코웃음을 쳤다.

"미안한데, 내가 불편하다는 게 우스워?"

"아냐, 미안해. 네 말이 맞아. 우린 파트너니까. 내가 불편할 때 넌 늘 내 기분을 아주 많이 배려해 주잖아." 주디가 빈정대며 말했다. 그러고 나서 그녀는 슬쩍 옆을 가리키며 외쳤다. "조심해, 뱀 허물이잖아!"

닉이 움찔하자 주디가 웃음을 터뜨렸다. 하지만 그녀의 웃음은 오래가지 않았다. 기울어진 난파선의 갑판을 따라 둘이 갑자기 미끄러졌기 때문이다!

"난간을 붙잡아! 난간을 잡아. 난간을 잡으라고!" 닉은 자신도 그러려고 애쓰며 소리쳤다.

"난 붙잡고 있어. 난간을 잡고 있다고!" 주디도 닉을 향해 소리쳤다. "그만! 그만해! 내 귀를 잡아당기고 있잖아. 내 귀를 잡아당기고 있다고!"

잠시 후 주디와 닉은 자신들이 무사하며 아무 일도 일어나지 않았다는 사실을 깨달았다. 그러고 나서 니블스 쪽을 바라보았다. 니블스는 줄곧 둘을 빤히 쳐다보고 있었다.

"*진짜* 미스터리는… 너희 둘이서 어떻게 사건을 해결해 왔냐는 거야." 비버가 말했다. "그나저나 이제 헤수스가 네 저녁에 대해 뭐라고 하는지 보자고…. 아, 그리고 만일 그가 음식을 주면 꼭 먹도록 해. 거절하는 건… 파충류 전부에 대한 결례가 될 테니까…."

"그들 *전부*라고?" 닉은 속이 울렁거리는 걸 느끼며 말했다.

마침내 그들은 어떤 문 앞에 이르렀다…. 아니, 정확히는 거북이 등껍질이었고, 그 등껍질은… 실제 거북의 몸에 붙어 있었다. 거북이는 그들이 안쪽으로 들어갈 수 있도록 한쪽으로 비켜섰다. 니블스는 파충류들로 가득 찬 나이트클럽처럼 보이는 곳으로 주디와 닉을 이끌었다.

닉은 침착하려 애썼다. 그러다 그는 팔 아래에 뭔가 있는 것 같은 느낌을 받았다. 내려다보니 두 마리의 도마뱀이 그에게 파고드는 중이었다.

"여긴 정말 따뜻하네." 그중 한 마리가 말했다.

닉은 손가락으로 그들을 튕겨내느라 자신이 도마뱀 꼬리를 밟았다는 사실을 알아차리지 못했다. 꼬리는 곧장 떨어져 나갔다. 닉은 이런 상황에서 어떻게 해야 할지 몰랐다. 그래서 그는 꼬리를 주워 도마뱀에게 돌려주었다.

도마뱀은 닉에게 윙크하더니 관능적인 목소리로 말했다. "그냥 가져."

"헤수스!" 니블스가 외쳤다.

주디와 닉이 돌아보자 바실리스크 도마뱀 한 마리가 칸막이 좌석에 앉아 있었는데, 얼굴에 그림자를 드리우는 커다란 모자를 쓰고 있었다. 그의 테이블 주변에는 나뭇가지로 만든 것 같은 의자들이 놓여 있었다.

주디와 닉이 나뭇가지 의자에 앉으려는 순간 니블스가 말했다. "내 친구들을 소개하지. 여긴 주디스와 니콜라스야. 이들은 수배 중인 도망자들이고 파트너십 문제를 겪고 있어. 내 생각에 자네가 뱀과 관련된 일에 도움을 줄 수 있을 것 같은데. 이자들이 죽임을 당하지 않도록 말이야. 그럼 이제 앉아도 될까?"

종업원이 애벌레가 수북이 쌓인 접시를 니블스 앞에 놓았다.

"난 괜찮은데, 이분들은 시장해 보이는군요." 니블스가 말했다.

닉이 니블스를 노려봤다.

"저흴 만나 주셔서 감사해요. 간밤에 *이것* 때문에 독사가 연회장에 잠입했죠." 주디가 *링슬리 저널*을 꺼내 놓으며 말했다. "그자 말로는 여기에 가족의 결백을 증명할 비밀이 담겨 있다더군요. 저흰 그게 무슨 말인지…."

"우선 드시죠." 헤수스가 말했다. "이야긴 그다음에 하자고요."

니블스가 미리 귀띔한 걸 떠올리며 주디와 닉은 애벌레가 담긴 접시를 내려다보았다. 살아 있는 애벌레였다. 둘 중 어느 쪽도 그걸 먹고 싶지 않았지만, 헤수스에게서 정보를 얻으려면 어쩔 수 없이 먹어야 한다는 것을 알고 있었다.

주디는 접시에서 작은 애벌레 한 마리를 집어 들었고, 닉도 마지못해 다른 하나를 집어 들었다. 그렇게 토끼와 여우는 각자의 애벌레를 힘겹게 삼켰다.

그러고 나서 주디는 헤수스를 바라보며 인정이나 허락의 표시를 기대했다. 그러나 도마뱀은 웃음을 터뜨렸다.

"이거 좀 보라고 다들. 그걸 먹었어! 얼굴 좀 봐, 우! 이거 너무 쉽잖아! 너무 쉬워." 헤수스가 말했다. "난 저런 걸 먹지 않아. 어이, 헤르마노. 스콘 좀 가져와."

닉은 자신이 그런 식으로 속았다는 게 믿기지 않았다.

"알겠어, 알겠다고." 마침내 헤수스가 저널을 살펴보며 말했다. "약간 흠집이 나 있고… 금속 표지에다… 음…."

"그게 어떻단 말이죠?" 주디가 물었다.

"그건… 고급스럽다는 뜻이지." 헤수스는 당연하다는 듯 말했다. 그는 다리를 테이블에 올리며 말했다. "그리고 만일 여기에 비밀이 있다면 오직 뱀만 그걸 볼 수 있단 뜻이기도 하지. 금속 안에 뭔가 숨겨져 있어."

"이건 기후 장벽에 관한 저널이에요. 그런데 왜 뱀과 관련된 비밀이 담겨 있다는 거죠?" 주디가 의아해했다.

"나도 몰라. 하지만 분명 대단한 비밀일 거야. 거북이 그것 때문에 죽었으니까 말이야."

"아마… 죽을 때도 느릿느릿했겠죠?" 닉은 자신의 농담이 자랑스러운 듯 말했다.

“아저씨, 그 사건은 우리 삶을 무너뜨렸소.” 헤수스가 닉을 쳐다보며 말했다. “당시 뱀의 공격은 우리에 대한 그들의 인식을 바꾸는 정도가 아니었지. 그 사건이 있은 후부턴 누구도 포유류와 파충류가 함께할 수 있다고 여기지 않았어. 도시 전체가 바뀌었다네. 파충류들이 떠났고… 링슬리 집안사람들은 마을에서 가장 막강한 가문이 되었어. 지금도 그렇지만. 그 때문에 모두가 그들의 대규모 확장 사업을 두려워하는 거지. 그 여파는 여기에도 미칠 거야. 습지 마켓은 눈에 파묻힐 테고, 링슬리 가문은 더 많은 땅을 소유하게 돼. 그렇게 되면 아무도 그들을 막을 수 없게 돼.”

잠시 생각에 잠겨 있던 주디는 닉 쪽으로 몸을 돌렸다. “만일 여기 담긴 비밀이 그들을 저지할 수 있다면요? 혹시 그래서 뱀이 그걸 원하는 게 아닐까요?”

“그럴 경우엔 그걸 갖고 있는 것만으로도 자네 둘다 심각한 위험에 처할 수 있어.” 헤수스가 말했다.

불현듯 주디는 쿵쿵 치는 소리를 들었다. 그 소리는 배 바깥에서 나는 거였다. 그녀는 둥근 창으로 밖을 살폈다. 혼탁한 물 사이로 주디는 그들을 보았다.

하마들이잖아!

정확히 말하자면 하마 경찰들이었다.

“저들이 자넬 뒤쫓은 거야?” 헤수스가 말했다.

닉은 둥근 창으로 바깥을 내다보았다. 하마들 중 하나가 자신이 버린 벙거지 모자를 들고 있는 게 보였다.

울리는 종소리에 모두의 시선이 집중된 가운데, 누군가 외치는 소리가 들렸다. "ZPD다!"

"전부 피해! 얼른 가라고! 어서!" 헤수스가 명령했다. 그러고는 주디와 닉, 니블스를 쳐다보며 말했다. "나를 따라와!"

그들은 문을 통해 나갔고, 헤수스는 그들을 갑판 위로 안내했다.

"잠깐… 왜 우릴 돕는 거죠?" 주디가 물었다.

"어르신들 말씀이 그 암컷 뱀과 거북이 친구였다는군." 헤수스가 말을 이었다. "그러니까 뱀이 거북이를 물었을 리 없어. 어쩌면 결국 너희가 그걸 증명할 수 있을지도 몰라. 전부 바로잡아 보라고, 홉스 양. 자네가 해낸다면, 어쩌면 모두가 우리가 그리 다르지 않다는 걸 알게 될 거야."

갑판 꼭대기에 도착한 헤수스는 물속으로 뛰어들었다. 하지만 첨벙거리는 소리는 나지 않았다. 그는 마치 물 위를 달리는 것처럼 빠르게 나아갔다!

주디는 저널이 손에서 빠져 나가는 것을 느끼고 더욱 놀랐다.

거기엔 연회장에서 봤던 뱀이 서 있었다. 뱀은 허리에 가방을 차고 저널을 들고 있었다!

"정말 미안해." 뱀이 말했다. "우리 가족이 누명을 썼다는 걸 증명해야 해."

"우리가 도와줄게." 주디가 말했다.

뱀은 저널을 입에 물더니 균형을 잃고 물속으로 떨어졌다.

"돌아와!" 주디가 외쳤다.

9장

주디와 닉은 마켓을 가로질러 뱀을 뒤쫓았다. 뱀은 여러 주민들을 지나쳤는데, 하나같이 미끄러지듯 움직이는 용의자를 보고 비명을 질러댔다.

뱀이 튜브로 향하는 걸 주디가 포착했을 무렵 비명 소리는 더욱 커졌다.

그때 갑자기 니블스가 그들 옆에 나타났다. “우! 여기서 팁 하나 줄까! 만약 뱀이 빨간 선으로 가면 따라가지 마! 숨이 막힐 거야!” 니블스가 말했다. “행운을 빌어! 사랑해!”

그런 다음 니블스는 다가오는 경찰들 쪽으로 곧장 향했다. 그는 주디와 닉이 뱀을 따라잡도록 시간을 벌어 주었다.

주디는 뱀이 빨간 선 튜브로 뛰어들어 “캐논볼!”이라고 외치는 걸 보고는 가슴이 철렁했다.

주디는 조금도 망설이지 않고 뱀의 뒤를 쫓았다.

“홉스, 안 돼! 그건 빨간 선이잖아! 빨간 선! 빨간 선! 숨이 막힐 거야! 주디! 파인애플! 파인애플!"

하지만 닉의 경고는 너무 늦었다. 주디는 이미 빨간 선이 표시된 튜브로 뛰어들었기 때문이다.

닉은 하는 수 없이 세상에서 가장 끔찍한 워터슬라이드에 올라탄 듯한 기분으로 주디를 따라 들어갈 수밖에 없었다. 둘은 튜브 속을 빙글빙글 돌며 무시무시한 속도로 *휙휙* 지나갔다.

니블스의 충고는 옳았다. 이 놀이기구는 완전히 물속에서 타는 것이었기에 숨이 막혀 오고 *있었다*! 앞쪽에 비상 탈출 밸브처럼 보이는 장치가 있는 것을 발견한 닉은 주디의 주의를 끌려 애썼다. 어쩌면 그들은 적어도 살아서 여길 빠져나갈 수 있을 터였다.

하지만 주디는 뱀을 따라잡기로 단단히 마음먹은 듯했다.

점점 더 격렬하고 위험해지는 상황 속에서도 주디와 닉은 뱀에게 점점 가까워졌다. 주디는 손을 뻗어 뱀이 차고 있던 가방을 움켜쥐는 데 성공했다. 다만 그녀는 호흡 곤란으로 거의 기절 직전이었다!

닉은 주디를 붙잡고 비상 탈출 밸브를 통해 다른 방향으로 틀었다.

절벽 아래쪽 밸브를 통해 바깥으로 쏟아져 나온 그들은 코펜후펜 고개에 이르렀다. 주디는 밸브에서 튕겨져 나올 때 그 힘에 밀려 그만 손에 쥐고 있었던 가방을 놓치고 말았다. 두 파트너는 숨을 헐떡이며 쓰러지듯 털썩 드러누웠다.

"괜찮아?" 닉이 물었다.

"응, 그래." 주디가 말했다. "너는?"

"음… 글쎄… 어, 그게 말이야… 사과를 좀 해야 하지 않을까 싶어."

"닉, 괜찮아." 주디가 진심 어린 태도로 말했다. "네가 고의로 그를 놓친 건 아니니까."

닉은 귀에서 물을 짜내는 주디를 멍하니 바라보기만 했다.

"아, *내가* 사과하겠다는 게 아니야. *아니*, 아니… *네가* 사과해야지." 닉이 말했다.

"뭐, 지금 우린 그를 찾을 길도 없고, 누명을 벗지도 못해." 주디가 말했다. "그러니까… 서로 의견이 다르단 걸 인정하자."

귀를 뒤로 휙 젖히다가, 주디는 실수로 닉에게 물을 튀기고 말았다.

"어쨌든 우린 *살아 있잖아*. 여기서 제정신인 건 나뿐이야! 그를 못 찾더라도 상관없어. 어쨌든 여기서 나갈 트럭은 찾을 수 있을 거야." 닉이 짜증 섞인 목소리로 말했다.

닉이 자신의 파트너를 빤히 쳐다봤다. 그녀 역시 그를 응시했다.

적어도 닉은 주디가 자신을 보고 있다고 *생각했다*. 하지만 알고 보니 주디는 닉을 지나쳐 자신들이 막 빠져나온 배수관 바로 옆에서 깜빡이는 불빛을 보고 있었다.

그건 경보였다.

그런데 주디가 보고 있던 것은 그것도 아니었다. 닉도 마침내 그것을 발견했다. 주디가 간신히 잡았던 뱀의 가방이 출구 파이프에 끼어 있었던 것이다.

주디는 가방의 여기저기를 뒤졌다. 그녀가 가방에서 발견한 건 매직펜과 꽃무늬 로고가 새겨진 성냥 한 갑이었다.

"성냥이라." 닉이 말했다. "이게 무슨 뜻인지 알아? 저 비버가 그걸 먹어치울 거야. 트루디 캐비지패치 양… 이제 갈 시간이야. 우린 할 만큼 했다고."

닉은 주디가 곧 동의할 거라 생각했는데, 그 순간 난데없이 목소리가 울려 퍼졌다. "요들~레~히~호!"

두 파트너가 고개를 들어 보니, 늙은 염소 두 마리가 가파른 절벽을 따라 내려오고 있었다. 그들은 마치 절벽에서 언제라도 떨어질 것 같았지만, 그냥 산책 나온 듯한 모습이었다.

"여긴 너희와 맞지 않는 곳일 텐데." 염소 한 마리가 말했다.

"맞아, 너무 이상하지." 다른 염소가 맞장구쳤다.

먼저 말을 걸었던 염소는 절벽의 꼭대기에 허니문 산장이라는 곳이 있다고 일러 주었다.

"그런데 거긴 문 닫은 지 오래야." 다른 염소가 말을 이었다. "뱀들의 은신처였거든."

주디는 닉에게 의미심장한 눈길을 보냈다.

"너흰 할 수 있어." 다른 염소가 말했다. "밧줄은 저쪽에 있다고. 팀워크를 발휘한다면 원하는 바를 이룰 거야."

"그럼, 안녕!" 첫 번째 염소가 쾌활하게 인사를 건넸다. "허니문 산장에서 즐거운 시간 보내라고!"

"고맙군!" 닉은 대충 얼버무리며 퉁명스럽게 말했다.

주디와 닉이 밧줄을 잡아당기자 도르래가 끽끽하고 요란한 소리를 냈다. 둘은 느리지만 확실하게 자신들을 절벽 위로 끌어올리는 중이었다.

"그런데 그 비밀이랑 파충류들이 마을을 떠나는 것과 무슨 상관이 있는 거지?" 그녀가 혼잣말처럼 중얼거렸다. "애초에 어떻게 비밀을 저널에 숨긴 걸까?"

"좀 천천히 가지 않으련?!" 닉이 아래쪽에서 소리쳤다. 절벽 위에서 안전하게 발 디딜 곳을 찾던 그는 자신보다 빨리 움직이는 주디를 따라잡을 수 없었다.

"호그보텀이랑 ZPD가 우릴 찾아내려면 얼마나 걸릴 것 같아? 오히려 더 빨리 가야지. 내가 늘 말하지만 말이야…."

"난 정말 멍청한 토끼야."

주디가 닉을 내려다보자 당근 펜을 쥔 그가 보였다. 그녀는 밧줄을 풀어 자신의 파트너 옆으로 미끄러져 내려갔다.

"그건 우리 둘이 하나가 된다는 상징으로 준 선물이었는데." 그녀가 상처받은 듯한 목소리로 말했다. "이런 순간에 그걸 꺼내는 건 좀 아닌 거 같아."

"오, 아니야. 난 그냥… 우리 묘비에 새길 문구 아이디어를 좀 적어 두려고 했던 것뿐이야." 닉이 비꼬는 말투로 말했다.

"어떻게 된 게 넌 평범한 대화조차 못 하는 거니?" 주디가 물었다.

"그건 내 심리 치료사한테 가서 말해 볼게." 닉이 대답했다.

닉에게서 펜을 뺏어 든 주디가 이렇게 말했다. "그래, 네겐 심리 치료사가 *필요하긴 해*."

"그래, 맞아." 닉이 펜을 다시 뺏으며 말했다. "근데 넌 심리 치료사가 여럿 있어야겠다. 그렇지. 아예 심리 치료사들을 이주시켜 와야 할걸!"

주디는 계속 펜을 빼앗으려 했고, 닉은 그걸 주디에게서 멀리 치웠다. 하지만 펜을 뒤로 빼는 순간 그의 손이 바위 벽에 부딪혀 당근 펜을 놓치고 말았다. 두 사람 다 펜을 잡으려 해 봤지만, 절벽 아래로 떨어진 펜은 딱딱한 바닥에 부딪혀 산산이 부서졌다.

그들은 망가진 펜을 보며 한동안 말을 잃었다. 그러다가 주디는 아무 일 없었다는 듯 다시 밧줄을 타고 절벽을 오르기 시작했다.

그녀는 닉을 기다리지 않았다.

10장

주디는 절벽의 정상에 도달해 난간을 넘었다. 밧줄을 바깥쪽으로 묶은 뒤, 주디는 산장으로 걸어가 안으로 들어갔다.

닉도 멀지 않은 곳에 있었다. 허둥지둥 난간을 넘은 닉은 주디의 밧줄 바로 옆에 자신의 밧줄을 묶었다. 그는 저 아래 바닥에 부서진 채 못 쓰게 되었을 당근 펜을 상상하며 절벽 쪽을 뒤돌아보았다.

닉은 끔찍한 기분이 들었다.

주디를 향해 몸을 돌리며 닉이 말했다. "홍당무…."

하지만 주디에게는 그 목소리가 들리지 않았다. 그녀는 이미 산장 안으로 들어간 뒤였다. 닉은 자신의 파트너를 따라 서둘러 산장 안으로 들어갔다.

아래쪽 계곡에서는 발굽 하나가 산산조각 난 당근 펜의 조각들을 밟고 서 있었다.

그 발굽은 공교롭게도 호그보텀 경감의 것이었다. 그녀는 파편을 집어 들고서 절벽을 올려다보았다.

그리고 나서 호그보텀은 막 합류한 두 염소 경찰 셰브르와 뷔슈롱을 흘깃 쳐다봤다. 염소들은 미소를 지었다. 마침내 그들의 특별한 재능에 걸맞은 임무가 주어진 것이다.

망설임 없이, 그들은 태연한 걸음걸이로 가파른 절벽을 오르기 시작했다.

산장은 왠지 오싹했다. 마치 수년 동안 버려진 것처럼 보였다. 게다가 절벽 끝에 위치해 있다는 점도 다소 불안하게 느껴졌다. 닉은 복도를 걸어가며 행복한 신혼여행 커플들의 사진이 담긴 액자들을 바라보았다.

주디는 파트너보다 훨씬 앞서서, 특히 구불구불한 복도를 따라 내려가고 있었다.

"홍당무?" 주디의 위치를 파악하려 애쓰며 닉이 말했다. 아무런 대답이 없자, 닉은 다른 방향으로 나아갔다.

한편 주디는 어두운 복도를 걷고 있었다. 그러다 그녀는 바닥에서 천처럼 보이는 무언가를 발견했다. 가까이 다가가 살펴보니, 그것은 천이 아니었다.

뱀 허물이었다.

주디가 뱀 허물을 따라 계단을 오르자, 바로 위에 다락방으로 통하는 문이 모습을 드러냈다.

닉은 계속 주디를 찾아 헤맸다. 그는 불만 가득한 목소리로 다시 한번 주디를 불러 보았다. “어… 홍당무?”

그가 한 발짝을 내디뎠을 때, 하마터면 썩은 나무 바닥 판을 뚫고 떨어질 뻔했다. 닉은 발이 남긴 구멍으로 아래를 내려다보며 숨을 들이켰다. 아래에는 절벽밖에 없었다.

닉이 주디를 계속 찾아 나서려 하던 그때, 절벽에서 다른 무언가를 보았다.

염소 경찰들이었다!

“홍당무!” 닉이 외쳤다.

그러나 주디는 파트너의 외침을 듣지 못했다. 그녀는 계단을 올라 먼지 쌓인 다락방으로 들어갔다. 그곳은 사방이 오래된 물건들로 가득했는데, 그중에는 링슬리 저널을 떠올리게 하는 오래된 금속 표지 책들도 있었다.

그리고 뱀 허물도 *훨씬 더* 많았다. 주디가 보기에는 허물들이 아주 오래되어 보였다. 마치 수년 전 뱀들이 사용했던 장소 같았다. 다락방의 중앙으로 시선을 돌린 그녀는 다음과 같은 제목의 신문 기사 스크랩으로 가득한 탁자를 보았다. “파충류와 포유류, 한 도시에 살기엔 무리인가?”, “모든 동물을 위한 링슬리의 계획, 뱀의 공격으로 무너지다”, “뱀은 왜 그랬을까?” 또 이런 제목의 기사들도 있었다. “툰드라 타운, 확장”, “주토피아 시, 툰드라 타운 확장 승인", "파충류, 없어도 괜찮아. 눈아 내려라."

신문과 날짜만 보더라도, 주디는 툰드라 타운이 실제로 수십 년 동안 확장되어 왔다는 것을 알 수 있었다.

다락방의 다른 한쪽에서 주디는 뱀이 자신의 어린 뱀들과 함께 찍은 사진… 그리고 거북이가 함께 찍힌 사진을 발견했다. 사진을 빤히 들여다보던 주디는 뱀들과 거북이 뒤로 보이는 온천에 주목했다. 그녀는 사진 속에서 '주토피아, 파충류 지역'이라고 적힌 표지판을 간신히 알아볼 수 있었다.

"파충류 마을이 있었구나." 주디가 말했다. "링슬리 가문이 그걸 없애 버린 거고…."

그때 주디는 또 다른 단서를 보았다. '*집을 찾아라*'라는 글자가 적힌 점착 메모지였다.

"이제 가야 해." 닉이 다락방으로 들어오며 말했다.

"예전에는 파충류들의 구역이 있었어." 주디가 믿을 수 없다는 듯 말했다. "내 생각엔… 에버니저 링슬리가 그 구역을 없애 버리고 자신의 도시 계획을 실현시키려고 한 것 같아. 그래서 뱀에게 누명을 씌우고 그들의 땅을 취하려 한 거지."

"홍당무… 우린 가야 한다고."

"이게 뱀이 나타난 이유야. 그들은 그걸 증명하려고 수십 년 동안 노력해 왔어."

"ZPD가 왔어."

"뭐라고? 증거 없인 우리 말을 믿으려 들지 않을 거야."

닉은 경찰들이 산장에 거의 다다랐다는 사실을 알고 있었다.

"이건 증거가 되지 못해." 그가 말을 이었다. "그냥 네 직감일 뿐이라고."

주디는 휴대폰을 꺼내 증거 사진을 찍었다.

"주디, 제발… 그들은 우리를 단순히 체포만 하지 않을 거야. 링슬리 가문은 우리를 죽이려고 한다고."

"아냐, 그래도 사건을 해결하려면 이게 필요해." 주디가 반박했다.

닉은 창밖을 내다보았다. 염소들이 코앞까지 다가와 있었다. 그는 주디를 계단 아래로 끌어내리려 했지만, 그녀는 꿈쩍도 하지 않았다.

"주디, 제발…."

"우린 사건을 해결해야 해. 닉!"

"난 사건 따윈 상관없어!" 닉이 폭발했다.

주디는 멍한 표정으로 자신의 파트너를 바라보았다.

"주디, 이 사건은 목숨을 걸 만큼 가치 있는 일이 아니야." 닉이 애원했다.

"누구도 옳은 일을 할 용기가 없다면 세상은 결코 더 나아지지 않을 거야." 주디가 대답했다.

"세상은 그냥 그렇게 돌아가는 거야, 홍당무. 그리고 어쩌다 영웅이 된다 해도… 바뀌는 건 없다고."

주디가 자신의 파트너를 쳐다보았다. 그녀는 무슨 말을 해야 할지 확신이 서지 않았다. 그러다 마침내, 그녀는 할 말을 찾아냈다.

"있잖아… 내 생각엔… 어쩌면… 어쩌면 우린 좀 *다른 것 같아.*"

닉은 주디의 말을 듣고 있었다. 믿고 싶지 않았지만… 그녀의 말이 맞는 건지도 몰랐다.

둘 중 한쪽이 말을 더 꺼내기도 전에, 빠르게 '퓩, 퓩, 퓩' 하는 소리가 들려왔다.

마취 다트다!

염소 경찰들이 벽을 부수고 다락방으로 들어오자, 주디와 닉은 몸을 날려 바닥에 엎드렸다. 하지만 이미 간신히 버티고 있던 낡은 다락방은 염소들의 추가적인 무게를 감당할 수 없었다. 바닥에 금이 생기더니 다락방이 둘로 갈라지기 시작했다!

산장이 점점 더 불안정해짐에 따라, 두 사람은 이제 서로 반대편에 있게 되었다.

그런데 닉이 정신을 차리기도 전에 셰브르가 달려들었고, 그렇게 그들은 바닥을 뚫고 아래층 방으로 추락하고 말았다.

주디는 벽에서 증거를 떼어내려 애쓰는 동시에 뷔슈롱을 저지하느라 안간힘을 썼다.

그러다 그녀가 무언가를 잡는 순간 방이 기울어졌고, 주디와 뷔슈롱은 다른 방으로 굴러떨어졌다.

정신을 차린 주디는 뱀과 거북이의 사진을 확보했다는 생각에 마음이 놓였다. 하지만 뷔슈롱이 바로 옆에 있는 것을 보고는 마음이 다시 불안해졌다. '*여기서 끝인 건가?*' 그녀는 생각했다. '*드디어 잡히는 건가?*'

퍽!

주디는 뱀의 꼬리가 뷔슈롱을 휘감아 내동댕이치는 것을 보고는 움찔하며 뒤로 물러섰다!

"먼저 와 있었네!" 뱀이 말했다. 그러고는 허리 가방을 보더니 말했다. "멋지다, 잃어버린 줄 알았는데!"

뱀은 가방을 집어 들고 뷔슈롱을 향해 휘둘렀다. 염소는 공격을 피하려다 난데없이 창문 덧창에 얼굴을 세게 부딪치고 말았다.

그런데 창문 덧창을 쥐고 있던 건 다름 아닌… 포버트였다!

"세상에, 내가 방금 경찰을 쓰러뜨렸어." 이렇게 말한 포버트는 경찰을 향해 이렇게 말했다. "괜찮을 거예요!"

"포버트…?" 주디가 깜짝 놀라 말했다.

산장이 반으로 갈라지는 동안, 포버트가 말했다. "그래, 그게, 음… 우린 정의의 용사들이지."

"짜잔!" 뱀이 외쳤다.

"난 우리 가문이 한 일을 잘 알아. 세상에 진실을 알리도록 도와줘. 그럼 두 번 다시 누굴 해하는 일은 없을 거야."

주디가 이 모든 정보를 이해하려 애쓰는 동안, 어디선가 "여우를 잡았다!"라는 셰브르의 외침이 들려왔다.

닉은 셰브르에게서 빠져나오려 발버둥을 쳤지만, 염소의 손아귀를 벗어날 수 없었다.

"제발… 우리는 세상을 더 나은 곳으로 만들 수 있다고." 포버트가 말했다.

그의 말은 주디의 가슴을 울렸다. 그것은 그녀의 좌우명이었다.

“저들이 벌써 네 파트너를 붙잡았어.” 포버트가 말을 이었다. “너마저 잡히면 안 돼.”

그가 손을 내민 사이 주디는 어떻게 해야 할지 고민했다. 닉을 저렇게 놔두고 가도 되는 걸까? 하지만 포버트의 말은… 맞는 것 같았다. 그렇지 않은가?

주디는 그가 내민 손을 잡았다.

그런데 그 순간 마취 다트가 그녀에게 날아들었다.

주디는 의식을 잃으며 포버트의 품으로 쓰러졌다. 바로 그때 닉이 방 반대편에 도착했다. 그가 결국 셰브르에게서 탈출한 것이다!

“주디! 안 돼! 안 돼! 안 된다고!” 닉이 소리 질렀다.

“내가 돌볼게.” 포버트가 외쳤다. “이제 가봐야 해!”

닉은 포버트와 뱀이 주디를 데리고 산장 밖으로 도망치는 모습을 지켜보는 수밖에 없었다.

그의 뒤에서 셰브르와 뷔슈롱은 한 판 더 붙을 준비를 하고 있었다.

닉은 팔을 걷어올리고 적들과 겨룰 채비를 했다.

11장

헬리콥터가 접근할 무렵, 허니문 산장은 폐허가 된 상태였다. 경찰들은 단서가 될 만한 걸 찾기 위해 잔해를 샅샅이 뒤졌다. 착륙한 헬리콥터에서 윈드댄서 시장이 내렸다.

호그보텀 경감이 끌고 온 닉을 시장이 불러 세웠다.

"토끼는 어디 있나?" 윈드댄서 시장이 질문했다.

"모르겠네요." 닉이 말했다. "하지만 토끼니까… 시장님 모자 안에 있을지도 모르죠."

시장의 얼굴에 당혹스러운 기색이 스쳤다. "난 모자 안 썼는데."

"시장님을 놀린 겁니다." 호그보텀이 설명했다.

"그럴 줄 알고 있었네!" 사실은 전혀 몰랐지만 윈드댄서 시장은 이렇게 말했다. "어서 데리고 가!"

잠시 후 호그보텀 경감은 대기 동물 관리 차량 뒷좌석에 닉을 던져 넣었다. 닉은 쇠창살이 달린 창문 밖을 내다보았다. 거기엔 밀턴 링슬리와 그의 아들 캐트릭이 서 있었다.

"자네가 뭘 알고 있든 상관없어, 와일드 군." 밀턴이 말했다. "만일 그게 중요했다면… 자네 파트너가 떠나는 일은 없었겠지."

밀턴은 캐트릭 쪽으로 돌아보며 이렇게 말했다. "확장을 시작해. 시장을 폐쇄시키고 전부 몰아내 버려."

"그러면 안 되잖…." 닉이 입을 열었다.

밀턴은 차창으로 다가가 닉의 손을 움켜쥐고 힘껏 비틀었다.

"물에서 사는 놈들은 포유류라고 보기 힘들지." 밀턴은 혐오감에 젖은 음성으로 말했다. "무시무시한 뱀의 사진들을 TV에 잔뜩 내보내라고. 그럼 누구도 우리가 하는 일에 관심을 두지 않을 테니까. 네놈도 기회가 있을 때 마을을 떠났어야 했어."

동물 관리 차량이 출발하자 밀턴은 닉의 손을 놓았다. 닉의 얼굴에 찡그린 표정이 스쳐 지나갔고, 이마는 걱정으로 주름졌다.

키티가 털 뭉치가 들어 있는 증거물 수집 봉투를 들고 아버지에게 다가왔다.

"토끼랑 뱀을 도와주는 녀석의 털이에요." 키티가 말했다.

밀턴은 증거물 수집 봉투 안에 든 털을 유심히 살폈다. 왠지 낯익었다. 어떤 동물의 털인지 알 것 같았다.

밀턴은 얼굴을 찌푸리더니 봉투를 키티와 캐트릭에게 건넸다.

"포버트를 찾아와." 그가 말했다.

오토바이 소리가 귓가를 가득 채웠고, 주디는 바람이 자신의 털을 헝클어뜨리는 것을 느꼈다. 그녀는 정신이 몽롱한 채로 몸을 뒤척였는데, 마치 일주일은 잠을 잔 것 같은 기분이 들었다. 눈을 뜬 주디는 자신이 해질녘의 사막 모래 언덕을 굉음을 내며 가로지르는 오토바이의 사이드카에 앉아 있다는 것을 깨달았다.

잠시 후 그녀는 자신이 다트에 맞았었다는 사실을 기억해 냈다.

그러다 뱀이 자신에게 얼굴을 바짝 들이대자 그녀는 더 많은 것들이 떠오르기 시작했다.

"안 죽었네!" 지나칠 정도로 가까이 다가온 뱀이 말했다. 그는 오토바이를 몰고 있던 포버트 쪽으로 고개를 돌리더니 외쳤다. "주디가 살아 있어!"

포버트는 주디를 한 번 쳐다보더니 미소를 지어 보였다.

쿠쿵!

오토바이가 바위에 부딪히는 바람에 포버트는 하마터면 사고를 낼 뻔했다.

"미안, 미안해." 포버트가 말했다. "오토바이 면허를 딴 지 얼마 안 됐거든."

포버트가 기어를 바꾸자 금속이 서로 마찰하는 끔찍한 쇳소리가 울려 퍼졌다.

주디는 그 소리에 개의치 않았다.

그녀는 파트너가 걱정되었다.

"닉은?" 그녀가 물었다.

"그게, 그들이… 그자들이 닉을 잡았어." 포버트가 말을 이었다. "하지만 여기선… 아무도 우릴 잡지 못해."

오토바이는 모래 언덕의 비탈을 올랐다. 그들이 정상에 이르자 주디는 아래쪽에 펼쳐진 분지를 내려다보았다. 그곳은 수백 개의 텐트로 가득했다.

포버트는 멀리 작은 모래 언덕 위에 자리한 텐트를 향해 오토바이를 몰았다.

"숨어!" 포버트가 외쳤다.

뱀이 주디를 아래로 끌어당겨 둘 다 사이드카 안으로 몸을 숨기자, 포버트는 텐트를 치고 있는 낙타 행렬을 쌩하고 지나쳤다.

"우린 해낼 거야, 주디 홉스 양." 옆에서 똬리를 틀고 있던 뱀이 말했다. "우린 사건을 해결하고 네 파트너도 구해 낼 거라고."

주디가 고개를 끄덕였다. 그리고 다음 순간 그녀는 문득 깨달았다. 어제부터 지금까지 이 뱀과 얼마나 오랫 동안 이야기를 나눴는지도, 심지어 그가 누군지도 제대로 알지 못한다는 사실을 말이다!

"죄송하지만, 누구시죠?" 그녀가 물었다.

"아, 난 게리야. 뱀 게리."

"그럼 성은 뭔가요?" 주디가 물었다.

"더 스네이크." 게리가 말했다. "다 잘될 거야."

게리는 미소를 지으며 안심시키는 표정을 지었다. 하지만 게리가 벌어진 턱 사이로 링슬리 저널을 토해 내기 시작하면서 표정이 서서히 변하기 시작했다.

주디는 역겨운 표정을 짓지 않으려 애쓰며 포버트를 올려다봤다. 포버트는 그녀에게 엄지를 치켜세워 보이다가 또 한 번 충돌사고를 낼 뻔했다.

포버트는 작은 모래 언덕 위에 있는 텐트 바로 옆에 오토바이를 세웠다. 그리고 주디, 게리와 함께 텐트 안으로 들어갔다. "편하게 지내." 포버트가 말을 이었다. "난, 음… 페스티벌 기간엔 여기 자리를 잡고 있곤 해."

텐트 바깥에선 무스 한 마리가 커다란 나무 표지판에 불을 붙이고 있었다. 주디는 그 표지판에 '불타는 포유류 축제'라고 쓰여진 것을 보았다.

"여긴 안전해." 포버트가 말했다. "전부 외부인들이거든…. 우리처럼 말이지."

순간 주디는 또 다른 뱀을 목격했다.

"*아악!*" 그녀가 비명을 질렀다. 그러다 정신을 차린 그녀는 "미안해"라고 말했다.

하지만 그건 또 다른 뱀이 아니라 모자를 쓴 게리의 꼬리였다.

"괜찮아. 그냥 테일즈야!" 게리가 말했다. "내 꼬리라고!"

약간 당황한 주디가 말했다. "이제 저널을 살펴봐야겠어."

"그래, 좋은 생각이야, 파트너." 게리가 말했다.

"고마워, 파트너." 포버트가 말했다.

주디는 잠시 포버트와 게리를 쳐다봤다. "그러니까, 둘이… 파트너라고?"

게리는 주디가 *눈치챘다*는 사실이 믿기지 않는다는 듯 감탄한 표정을 지었다. "*대단하군*. 그래, 새 파트너지…. 내 가족은 수십 년 동안 저널을 손에 넣으려고 했어. 그래서 연회에서 저널이 전시된다는 소식을 듣고 링슬리 가문에게 수도 없이 편지를 보냈지. 저널을 좀 보게 해 달라고 요청하면서 말이야." 그는 말을 이었다. "다행히 포버트가 먼저 읽었어. 덕분에 마을로 가는 첫 번째 배를 탈 수 있었지."

"밀수업자가 거기 있었군." 주디는 항만 하역장을 떠올리며 말했다.

"그래, 계획대로 되지는 않았어." 포버트가 말했다. "염소 산장도… 기념 행사 때도 마찬가지였지."

게리가 덧붙여 말했다. "버펄로의 얼굴을 물어 버린 뱀만 해도 그렇지. 그래도 서장은 괜찮을 거야. 의사들에게 해독 펜을 슬쩍 넘겨 뒀으니까 그걸로 독이 퍼지는 걸 막을 수 있어."

게리가 해독 펜을 들어 보였다. 주디는 그 펜이 게리의 가방에 들어 있던 매직펜처럼 생겼다고 생각했다.

"저널을 살펴봐야 하잖아." 포버트가 말했다.

포버트가 고개를 끄덕이자 게리가 저널을 집어 들었다.

게리가 미소를 띠며 입을 열었다. "벽난로로 가자…."

12장

주디는 텐트 바깥에서 모닥불을 바라보며 포버트와 함께 앉았고, 게리는 모닥불 근처에 링슬리 저널을 내려놓았다. 그도 처음엔 저널을 빤히 바라보기만 했다. 주디는 뭔가 특별한 일이 벌어질까 궁금했지만 아무 일도 일어나지 않았다.

그러다 게리는 재주라도 부리듯 꼬리로 가방을 휙휙 뒤지더니 알록달록한 매직펜 몇 개를 꺼냈다. 그는 종이를 펼쳐 두고 자신의 꼬리로 뭔가를 그리기 시작했다. 주디는 게리가 아무것도 적혀 있지 않은 저널의 빈 표지에 주목하는 모습을 지켜보았다.

"포유류는 그저 금속 표지의 표면만 볼 수 있어." 포버트가 말했다. "하지만 열을 감지하는 독사라면…."

바로 그 순간, 게리의 열 감지 능력은 불에 데워진 저널의 금속 표지에 있는 이미지를 감지해 냈다. 그 위에는 금속의 거의 보이지 않는 홈 속에 숨겨진 옛 주토피아 지도가 있었다.

그건 뱀이 아니면 볼 수 없는 홈이었던 것이다.

"완전히 다른 세상 같군…. 뭐, 항상 그랬지만." 포버트가 말했다.

"증조부님께선 어차피 뱀들에게 누명을 씌울 거면서 왜 그들이 알아볼 수 있는 비밀을 감춰 두신 걸까?" 주디가 물었다. 그러다가 포버트를 바라보다 무언가를 깨달았다. "그건… 너의 증조부의 저널이 아니었던 거야. 그들의 것이었던 거지. 결국 주토피아를 만든 건 스라소니가 아니라… 뱀이었던 거야…."

"내 증조모… 애그니스 더 스네이크는 말이야," 게리가 입을 열었다. 주디는 게리가 애그니스와 주토피아 초기 시절의 이야기를 들려주기 시작하자 넋을 잃고 귀를 기울였다.

옛날 주토피아에 파충류가 더 많았던 시절, 게리의 증조모 애그니스는 그곳의 모든 동물이 편안한 건 아니라는 사실을 깨달았다.

"그녀는 포유류뿐 아니라… 모두를 도시로 데려오고 싶어 했어." 게리가 말했다. "그래서 모두를 위해 이 저널을 썼지."

애그네스는 저널을 쓴 뒤 자신이 썼다는 것을 증명하기 위해 주토피아 공식 인장이 찍힌 특허를 받았다.

애그네스에게는 비전과 계획이 있었다. 하지만 작은 문제가 하나 있었다.

"투자자가 필요했던 거지." 포버트가 설명했다.

애그니스의 친구였던 거북이 셸드릭은 저널을 링슬리 가문에 제일 먼저 가져갔다.

"그녀가 애그니스를 내 증조부에게 소개했어." 포버트가 말했다. "하지만 그녀의 아이디어를 확인한 증조부는 그 설계도를 훔쳐 자기 것으로 만들기 위해 음모를 꾸몄지…. 그 설계도가 자신에게 엄청난 부와 권력을 가져다줄 거라는 걸 알고 있었거든."

에버니저 링슬리는 저널에서 애그니스의 특허 인장을 떼내어 구긴 후 쓰레기통에 던져 버렸다.

"그녀를 제거하기 위해 그는 범죄를 조작했어." 게리가 말했다. "그리고 그녀가 뱀이었기 때문에… 모두가 그의 거짓말을 믿었지."

게리와 포버트는 거북이 셸드릭의 물림 사건과 애그니스와 그녀의 가족이 어떻게 주토피아를 떠나게 되었는지에 대해 주디에게 이야기해 주었다. 또 그들은 에버니저가 툰드라 타운 기후 장벽을 가동시켜 파충류 지역이 눈으로 뒤덮인 이야기도 들려주었다. 그곳의 온천까지 전부 말이다! 그렇게 살기 힘든 환경이 되자 파충류들은 떠날 수밖에 없었다.

"에버니저는 마을이 묻힌 곳을 누구에게도 말하지 않았어." 포버트가 말했어. "가족은 물론 아무에게도 알리지 않았지. 그렇게 그는 누구도 막을 수 없는 존재가 되어 버린 거야."

이후 에버니저 링슬리는 마음대로 툰드라 타운을 확장시켰다.

"하지만 증조모의 자녀들은 진실의 증거가 있다고 늘 믿었어. 특허 원본이 집 안 어디엔가 숨겨져 있다는 것을." 게리가 말했다.

셸드릭은 공격받기 직전에 애버니저가 특허 원본을 쓰레기통에 버리는 것을 목격한 듯했다. 게리와 포버트의 설명에 따르면, 거북이는 특허 원본을 쓰레기통에서 꺼내 애그니스에게 건넸다. 하지만 애그니스가 특허를 숨길 틈도 없이 에버니저가 그녀의 집에 들이닥쳐 누명을 씌운 것이었다.

“그때 이후로 우리 가족은 줄곧 그걸 찾아 헤맸지.” 게리가 말했다. “우리의 무죄를 증명하고 세상을 더 나은 곳으로 만들고자 했던 한 뱀의 꿈을 이루기 위해서…. 함께라면 누구나 무엇이든 될 수 있는 도시를 만들기 위해서.”

주디는 자신의 귀를 의심할 정도였다. 그녀는 감정이 북받친 듯 보이는 포버트를 바라보았다.

“우리가 그분의 가족들이 살던 집을 찾는 거야. 거기서 특허 원본을 찾으면 모든 것을 바로잡을 수 있어. 그럼 우리 가문도 다시는 이 마을을 해치지 않을 테고.” 포버트가 말했다. “우린 어디를 찾아야 할지 몰랐을 뿐이야. 지금까진 말이야.”

포버트와 주디는 게리가 매직펜으로 뭘 그리고 있었는지 보려고 힐끗 보았다. 그것은 파충류 지역의 위치를 표시한 지도였다.

“어딘지 알겠어?” 게리가 물었다.

“당신 가문의 저택 주변에 있는 산이네.” 주디가 포버트를 쳐다보며 말했다.

“정답!” 게리가 대답했다.

“우리 저택 주변에는 산이 많아. 게다가 하얀 눈도 사방에 많이 쌓여 있어.” 포버트가 말했다.

순간 주디는 무언가를 떠올렸다. 허니문 산장에서 봤던 옛 사진을 기억해 낸 것이다. 사진의 배경에 뭔가 있는데… 그렇다, 온천이다!

"그래도 말이야… 열 감지 능력이 있는 독사에게는 세상이 완전히 다르게 보일 거야." 주디가 말했다.

"그 온천도 말이야… 에버니저가 묻어 버렸다 해도…." 포버트가 무슨 말인지 알겠다는 듯 말했다.

"열이 빠져나갈 길은 있어야 해." 게리가 말했다. "하지만 눈 생성기가 작동 중이라면 나도 볼 수 없을거야."

주디는 잠깐 생각에 잠긴 듯하더니 활짝 웃어 보이며 말했다. "저기… 이건 정말 우연인데 말이죠…. 그 기계를 끄는 방법이 담긴 사용자 매뉴얼이 있답니다."

그런 다음 주디는 저널을 들어 올리다가 얼굴을 찡그리며 재빨리 내려놓았다.

"책이 좀 식으면," 그녀가 손으로 부채질을 하며 말했다.

"그래, 좀 식으면 해 보자." 포버트가 말했다. "특허를 찾아내 너희 가족의 누명을 벗기는 거야."

"그리고 너랑 네 파트너의 결백도 입증하고." 게리가 덧붙여 말했다. "주디 홉스, 우린 해내고 말 거야! 성공할 거라고!"

포버트는 그 순간 너무 흥분한 나머지 휴대폰에서 알림음이 울리는 것도 알아채지 못했다.

헬리콥터가 링슬리 저택 바깥에 착륙했다. 키티와 캐트릭, 밀턴 링슬리는 차분하게 헬리콥터에서 걸어 나와 거대한 미로처럼 늘

어선 울타리 앞을 가로질러 집으로 들어갔다.

걸음을 재촉하던 키티는 휴대폰을 들여다봤다. 알림음이 울리자, 그녀는 웃으며 캐트릭에게 휴대폰의 화면을 보여 주었다.

그러자 캐트릭은 씩 웃으며 여동생의 휴대폰을 빼앗아 아버지에게 들이밀었다.

"아빠, 포버트를 찾았어요." 캐트릭이 말했다.

밀턴은 캐트릭에게서 빼앗은 휴대폰을 노려보며 으르렁거렸다.

"모두 멈춰." 그는 옥신각신 다투던 아이들에게 일렀다. "전부 출동시켜."

해 뜰 무렵 동물 관리 차량은 한적한 도로를 따라 최고 보안 등급 교도소로 덜컹대며 향했다.

염소 경찰 셰브르와 뷔슈롱은 음악을 틀어 둔 채 운전을 하던 중 휴대폰에 뜬 경보를 확인했다. 거기엔 사진 한 장과 함께 주디의 현재 위치인 모래 사막이 표시되어 있었다.

뒤에선 닉이 자신의 발톱으로 창살이 있는 창문의 자물쇠를 따려고 애쓰는 중이었다. 거의 성공했다고 생각한 순간… 닉의 발톱이 부러지고 말았다. 아슬아슬하게 실패한 닉이 투덜거렸다. 그는 이미 다른 발톱 몇 개도 부러진 상태였다.

창밖을 흘깃 내다보니 '연방 교도소까지 6.5킬로미터'라는 표지판이 보였다. 좌절한 닉은 창살을 주먹으로 내리쳤다. 놀랍게도 창살이 조금 벌어졌다. 벌어진 틈으로 반대편을 보았더니 거기엔 자신의 것과 똑같은 철창이 하나 더 있었다.

닉은 다른 철창에서 이상한 소리가 들려오는 것만 같아 그 안을 들여다보았다.

"니콜라스 와~아일드!" 시끄러운 음성이 들렸다.

깜짝 놀란 닉은 니블스가 철창 안의 나무 벤치를 씹고 있는 모습을 보았다.

"나야, 니블스! 비버라고!" 그녀는 뻔한 사실을 굳이 말하며 인사했다. "저기, 너희 둘 사건을 해결한 거야?"

닉은 벌어진 틈을 막아 버리려 했지만, 니블스가 가로막았다.

"혼자 갇혔구나. 주디스는 어디 있어? 네 베스트 프렌드 말이야. 너희 둘의 호흡이란 정말." 니블스가 말했다. 그러다 닉의 표정을 읽은 그녀가 말했다. "환상적인 호흡에 문제라도 생긴 거야? 그 점에 대해서 얘기해 보고 싶어?"

"내가 원하는 건," 닉이 입을 열었다. "여길 빠져나가는 거야." 닉은 다시 자물쇠에 매달렸고, 또 한 개의 발톱이 부러지고 말았다.

"좋아, 그럼 이렇게 하지." 비버가 말했다. "무슨 일이 있었는지 모두 말해 주면 교도소에 도착하기 전에 우리가 탈출할 수 있게 해 볼게."

닉은 믿을 수 없다는 듯 *니블스*를 바라보았다. "난 누구의 도움도 필요하지 않아. 그리고… 네가 뭘 할 수 있는데? 나무라도 갉아먹을 거야?"

비버는 벤치에서 뜯어낸 나뭇조각을 갉아먹기 시작하더니, 곧 열쇠 모양으로 만들었다. 니블스는 그 열쇠로 수갑을 풀었다.

닉은 믿을 수 없었다! 그는 니블스가 벤치에서 나무를 더 뜯어내는 동안 그간의 이야기를 털어놓기 시작했다.

닉은 이야기하고 또 이야기했지만, 이야깃거리는 계속 생겨났다.

"그리고는 날 버리고 가버렸어." 그가 말했다. "그깟 고양잇과 동물 때문에."

"그녀가 마지막으로 뭐라고 했어?" 니블스가 물었다.

"지금 이러고 있을 시간이 없어." 닉이 말했다. 그들은 교도소에 거의 다다랐다.

니블스는 갉아먹기를 멈췄다.

"'어쩌면 우린 좀 다른 것 같아'라고 했어." 닉이 말했다.

"그럼 그 전에 넌 뭐라고 했는데?"

"이 사건은 목숨을 걸 만큼 가치 있는 일이 아니라고 했어." 닉이 말했다. "그러니까, *그녀가* 목숨을 걸 만큼 가치 있는 일이 아니라는 거야. 나처럼 외로운 동물들은… 진짜 친구가 없는데, 이제 나한테는 친구가 생겼거든. 그래서 난 그녀를 잃고 싶지 않아. 그냥… 난 몰랐어… 어떻게 말해야 할지 몰랐다고."

닉은 니블스가 자신을 꽉 껴안는 바람에 흠칫 놀랐다.

"있잖아, 친구. 방금 네가 제대로 말했어."

그제서야 닉은 깨달았다. 니블스가 자신의 철창에 들어와 있다는 사실을 말이다!

13장

셰브르와 뷔슈롱의 눈앞에 교도소가 보였다. 그들은 자신들의 죄수들을 넘길 수 있게 된 데다가, 도망자 닉 와일드와 니블스를 체포함으로써 곧 누리게 될 영광에 들떠 있었다.

그러나 동물 관리 차량의 운전석 안으로 눈이 날리기 시작하자 둘은 당황했다. 하지만 그건 눈이 아니었다.

톱밥이었다.

염소들은 뒤를 돌아다보았다. 그러자 차량 뒷면에서 운전석으로 이어지는 통로 문이 열리더니, 닉과 니블스가 뛰어 들어왔다!

니블스가 꼬리를 휙 휘두르며 셰브르를 퍽 소리가 나게 쳤다.

차량은 급하게 방향을 틀었고, 무전기에서는 지직거리는 소리가 들렸다.

"이송팀, 별일 없나?" 무전기에서 음성이 흘러나왔다.

닉은 무전기를 집어 들고 말했다. "모든 상황 통제 중, 정상 상태입니다."

셰브르와 뷔슈롱은 의식을 잃었고, 그 틈에 니블스가 운전대를 잡고 있었다.

"셰브르, 뷔슈롱. 토끼의 위치를 파악했다." 무전기 너머로 호그보텀 경감이 말했다. "여우는 내려놓고 불타는 포유류 축제로 이동하도록."

닉과 니블스는 잠시 서로를 바라보았다.

"해가 뜨면 진입한다." 무전기 너머로 호그보텀 경감의 음성이 들렸다. "당장 이쪽으로 와."

"시간 안에 도착할 수 있을까?" 니블스가 물었다.

"그럴 거야. 가만히 숨어만 있지 않는다면." 닉이 대답했다.

한편 교도소에서는 교도관들이 손수레 같은 것에 묶여 있는 벨웨더 전 시장의 이송을 준비 중이었다. 마침 동물 관리 차량이 멈춰 섰다. 닉은 여전히 정신을 차리지 못하는 셰브르와 뷔슈롱을 차량 뒤쪽으로 내던져 버렸다!

차는 황급히 유턴을 하더니 그대로 출발했다.

순간 정신을 차린 셰브르가 떠나는 동물 관리 차량을 그대로 들이받아 차량 외벽에 구멍을 냈다.

"저 차를 잡아!" 한 교도관이 소리쳤다.

교도관들은 차를 되찾는 데 너무 열중한 나머지 벨웨더 전 시장을 홀로 내버려 두었다. 벨웨더는 숨겨 두었던 펜을 이용해 채워진 수갑을 풀었고… 그대로 달아났다!

"벨웨더가 돌아왔다고!" 전 시장이 사악한 비웃음을 지으며 말했다.

교도소를 빠져나가는 동안, 닉은 다른 교도소 차량들이 추격해 오는 것을 보았다. 닉이 니블스를 쳐다보자 그녀는 별안간 광고판을 옆에서 들이받았다. 광고판은 도로 한복판으로 떨어지며 추격 차량들의 길을 막아섰다. 잠시였지만 말이다.

"고마워." 닉이 말했다.

"널 네 파트너에게 데려다줄게." 니블스가 말했다.

떠오르는 태양과 함께 동물 관리 차량은 모래 언덕으로 향했다…. 다만 그들은 셰브르의 뿔에 찔린 연료 탱크에 구멍이 난 걸 까맣게 몰랐다.

기름이 새고 있었던 것이다.

주디는 게리, 포버트와 함께 불타는 포유류 축제에 모인 동물들 사이를 서둘러 지나가며 해가 뜨는 모습을 지켜보았다. 그들은 기후 장벽 입구로 향하고 있었는데, 그 너머에는 툰드라 타운이 있었다. 주디는 텐트 근처에 잠시 멈춰 서서 저널을 들여다보았다.

"눈을 멈춰야 해." 주디가 말했다. "우선 파충류 지역을 찾고… 해 뜰 무렵 열 장벽 주기가 낮아지는 걸 기다렸다가 툰드라 타운 쪽 제어실로 들어가서 퓨즈 A113을 제거하면 눈이 꺼져. 그러면 네가 잃어버린 마을로 가는 길을 우리에게 알려 줄 수 있을 거야. 우리는 특허 원본을 찾을거고, 그러면…."

"우린 해낼 거야, 주디 홉스." 게리가 차분하지만 확신에 찬 목소리로 말했다.

"변수가 너무 많아." 주디가 말했다. "철저히 준비하지 않으면 제대로 대처할 수 없을 테고…."

그러자 게리가 그녀의 어깨에 꼬리를 두르며 위로했다.

"기회는 단 한 번뿐이야." 주디가 말했다.

"우리 가족은 100년 동안 진실을 밝히려 애써 왔어." 게리가 말을 이었다. "하지만 목표에 이렇게 가까워졌어도 그들은 절대 세상의 짐을 내 어깨에 지우지 않을 거야. 나한테는 어깨가 없으니까."

주디가 미소 지었다.

갑자기 포버트의 휴대폰에 뉴스 알림이 울렸다. "교도소 탈옥이라고?" 포버트가 뉴스 알림을 확인하며 말했다. "네 파트너가 동쪽으로 가고 있어."

"우리도 동쪽에 있잖아. 우릴 도우러 오는 거구나!" 게리가 말했다.

실로 오랜만에 주디는 희망을 품었다. 하지만 곧 불안한 생각이 그녀의 머릿속을 스쳤다.

"우리가 어디 있는지 그가 어떻게 안 거지?" 포버트가 주디의 생각을 읽기라도 한 듯 말했다.

세 사람은 먼 곳을 바라보았다. 지평선 너머로 무언가가 보였다. 어떤 물체가 날아가고 있었다.

드론이었다! 특수 기동대 트럭들이 아래쪽 모래 언덕을 가로지르며 육중한 소리를 내는 동안, 드론들은 모래 바로 위를 날고 있었다.

포버트의 휴대폰을 흘깃 본 주디가 말했다. "저들이 제일 먼저 추적하는 게 휴대폰이야."

그러고 나서 주디는 포버트의 휴대폰을 뺏어 부숴 버렸다.

"저들이 내 휴대폰을 추적했다면… 아빠가 아실 거야." 포버트가 겁에 질린 듯 말했다. "내가 돕고 있다는 걸 알고 계실 거라고."

바로 그 순간, 사막 모래 언덕의 기후 장벽 열기가 서서히 식기 시작했다.

그들에게 기회가 온 것이다.

"우리 그만둘까?" 게리가 물었다.

주디는 다가오는 경찰들을 바라보다가 다시 기후 장벽을 쳐다보았다.

"주디 홉스라면 그만두지 않을걸." 포버트가 말했다.

"그래, 난 그만두지 않아." 주디가 맞장구쳤다.

"모든 조는 내 지시를 기다린다!" 호그보텀 경감이 무전기에 대고 소리쳤다.

니블스가 동물 관리 차량을 모는 동안 닉은 호그보텀 경감의 말에 당황해 하며 자신의 파트너를 걱정했다.

동물 관리 차량의 속도가 줄어들다가 완전히 멈추자 그 불안감은 더욱 커졌다.

차의 연료가 바닥이 나 버린 것이다!

“그래, 이젠 희망이 없군.” 니블스가 말했다. “이제 우린 해낼 수 없을 거야…. 만에 하나… 주토피아 역사상 가장 빠른 동물을 네가 안다면 모를까.”

그 말을 들은 닉은 뭔가가 떠올랐다. 그는 셰브르의 휴대폰으로 전화를 걸었다. 그런 다음 니블스와 함께 동물 관리 차량을 육교 아래에 숨겼다. 교도소 차량과 경찰차들이 육교 위로 쌩쌩 지나갔지만, 자신들이 쫓는 도망자들이 바로 그곳에 있다는 사실은 전혀 몰랐다.

“여긴 아무도 찾지 못할 거야.” 니블스가 신음하듯 말했다.

바로 그때, 끼익하고 마찰음을 내며 차 한 대가 멈춰 섰다. 타이어의 고무가 타면서 생긴 연기가 공기를 가득 채웠다. 니블스는 FST NML이라고 쓰인 번호판을 확인했다. 운전석 창문이 내려가자, 차 안에는 나무늘보가 앉아 있었다.

플래시는 한동안 닉을 바라보았다. “닉?” 나무늘보가 천천히 입을 열었다.

“플래시, 플래시. 전광석화와 같은 내 친구!” 닉이 말했다. “내 파트너가 곤란한 상황에 처했어. 마을을 가로질러야 해.”

“문제… 없어,” 플래시가 대답했다. “어서… 타…아.”

닉과 니블스는 조금도 지체하지 않고 차에 올라탔다. 플래시는

참을 수 없을 만큼 느린 속도로 기어를 넣고 차를 출발시키며 닉과 니블스를 돌아보았다.

"네 판단을 의심하는 건 아니지만 말이야," 니블스가 닉을 쳐다보며 말했다. "나무늘보에게 의지하는 건 좀…."

"벨트…." 플래시가 말을 끊었다.

다음 순간 플래시는 아무런 예고 없이 쏜살같은 속도로 빠르게 차를 몰아 도로를 질주했고, 그 바람에 닉과 니블스는 뒷좌석 깊숙이 파묻혔다.

주디와 포버트, 게리는 불타는 포유류 축제의 현장을 헤치며 계속 걸었다. 그들은 기후 장벽 입구에 점점 가까워지고 있었으며, 문까지는 불과 몇 백 미터밖에 남지 않은 거리였다!

주디는 그들이, 특히 자신과 포버트가 얼마나 잘 협력하는지 놀랐다. 그들은 훌륭한 팀처럼 보였다.

그러다 주디는 닉이 생각났고, 약간의 죄책감을 느꼈다.

닉과 니블스는 플래시의 차 뒷좌석에 딱 붙은 듯 앉아 있었다. 여우는 플래시가 시속 백만 킬로미터로 달리고 있다고 확신했다.

무전기를 통해 닉은 호그보텀 경감이 "대기하라…."라고 말하는 소리를 들었다.

그는 니블스를 쳐다봤다.

"시간을 좀 끌어야겠어." 니블스가 말했다.

"저들의 통신을 차단하자." 닉이 말했다.

"그건 불가능해." 니블스가 말했다. "만약… 만약 네가 ZPD의 IT 부서에 해킹으로 침투해서 그 장치들을 전부 꺼 버릴 수 있는 ZPD의 동물을 알고 있다면 모를까."

닉은 휴대폰을 들고 다시 전화를 걸었다.

"폴의 컴퓨터에 접속해서 통신을 차단해 줘." 닉이 말했다.

클로하우저는 땀을 뻘뻘 흘리며 휴대폰 너머로 폴의 컴퓨터를 쳐다보았다. 폴은 그곳에 앉아 '주디 체포' 작전 전체를 지켜보고 있었다.

클로하우저가 숨죽여 말했다. "넌 도주 중인 수배자라고! 너랑 이야기한 것만으로도 난 해고될 수 있어."

"내가 주디를 돕지 않으면 그들이 그녀를 영원히 재워 버릴 거라고!" 닉이 휴대폰에 대고 버럭 소리를 질렀다. "어서 해!"

"알았어!" 클로하우저가 수긍했다.

그런 다음 클로하우저는 어색하게 폴 몰데브란트의 자리로 걸어가면서 도넛 상자를 집어 들었다.

"폴!" 클로하우저가 소리쳤다.

"응?" 두더지가 대답했다.

대답을 듣기도 전에 클로하우저는 꼬리에 걸려 넘어지면서 폴의 책상으로 곤두박질치고 말았다. 작은 두더지는 도넛 상자에 떨어져 도넛 구멍에 갇혀 버렸다.

"아! 이봐! 나 도넛에 끼었잖아. 이 도넛 같은 녀석아!" 폴이 호통쳤다. "그런데 이거 글루텐이야?"

당황한 클로하우저는 경찰이 지나가자 어찌할 바를 몰랐다. 도넛을 본 경찰은 상자를 받아 들고는 그대로 가버렸다.

"고마워, 클로하우저!" 경찰이 말했다.

클로하우저는 상자를 들고 멀어져 가는 경찰을 바라보며 잠시 그 자리에 서 있었다. 그때 휴대폰에서 닉의 목소리가 들려왔다. "클로하우저! 컴퓨터를 봐!"

초조해진 클로하우저는 두더지의 자그마한 컴퓨터로 시선을 돌렸다. 컴퓨터는 화면 보호 모드여서 로그인을 하려면 비밀번호를 입력해야 했다. 클로하우저는 비밀번호가 적힌 점착 메모지를 발견하고는 안심하는 듯했지만… 문제는 비밀번호가 무려 32글자나 된다는 점이었다!

"악!" 클로하우저가 분통을 터뜨리며 외쳤다. "너무 길잖아!"

작은 키보드로 긴 비밀번호를 입력해야 한다는 생각만으로도 부담스러웠다. 만약 한 글자라도 틀리면? 도대체 어느 글자가 틀렸는지 어떻게 알 수 있겠는가? 압박감이 엄청났다.

축제가 벌어지는 곳 위쪽에서는 호그보텀 경감이 다른 경찰들과 함께 아래쪽에 있는 모래 언덕을 지켜보고 있었다. 그녀는 주디와 게리, 포버트에게서 한시도 눈을 떼지 않았다. 호그보텀은 도망자들을 체포하라고 명령을 내릴 순간만 기다렸다.

"일단 대기한다…." 그녀는 그들을 제압할 최적의 순간을 기다리며 말했다.

클로하우저는 비밀번호를 제대로 입력하려고 필사적으로 노력했다. "자꾸 몰아붙이지 마! 지금 하고 있다고." 클로하우저가 말했다.

심호흡을 한 뒤, 클로하우저는 키보드를 빠르게 두드리고 엔터키를 누르며 좋은 결과가 있기를 바랐다.

"성공했어!" 폴의 컴퓨터에 접속한 그가 의기양양하게 말했다.

"통신을 차단해!" 닉이 휴대폰에 대고 소리쳤다.

클로하우저는 버튼을 힘껏 눌렀다. 그는 자신이 너무 늦지 않았길 바랐다.

14장

"지금이야!" 호그보텀 경감은 우렁찬 목소리로 경찰들에게 주디와 게리, 포버트의 체포를 지시했다.

하지만 제 위치에 있던 경찰들 중 누구도 움직이지 않자 그녀는 깜짝 놀랐다.

무전기를 응시하며 호그보텀이 소리쳤다. "지금이야! 당장 다들 움직여!"

여전히 아무런 반응이 없었다.

"통신이 끊긴 건가? 안 되는 거야?" 트러플러가 물었다.

시간이 흐를수록 호그보텀은 도망자들을 잡을 가능성이 점점 희박해지고 있음을 깨달았다. 그녀는 일어서면서 자신의 위치를 노출시키고 말았다.

"이제부터 휴대폰으로 연락한다!" 호그보텀이 외쳤다. "다들 움직여! 그녀를 잡아!"

ZPD의 위치가 드러나자, 주디와 포버트, 게리는 기후 장벽을 향해 필사적으로 내달렸다.

호그보텀 경감은 마취 다트를 장전하고 시선을 집중했다. 그녀는 도망자들을 향해 조준할 수 있는 완벽한 기회였다! 그녀가 해야 할 일이라곤 방아쇠를 당기는 것뿐이었는데….

띠리링!

밀턴 링슬리에게서 전화가 걸려 왔다.

"그냥 기절시키는 걸로는 부족해." 밀턴이 말을 이었다. "그자들을 처리해 버리라고."

그들을 조준하고 있던 호그보텀은 망설였다. "선생님? 제가 보기엔… 제가 보기엔 아드님께서도 그녀와 함께 있는 것 같습니다만."

"처리하라고!" 밀턴이 소리쳤다. "그자들 전부 다 말이야."

긴장한 호그보텀은 침을 꿀꺽 삼킨 다음, 마취 다트 대신 검은색 다트를 장전했다.

하지만 뭔가 찜찜했다.

"당장 해치우라고!" 밀턴이 명령했다.

호그보텀의 조준선 안에 주디가 들어왔다. 그녀는 언제고 방아쇠를 당길 수 있었다.

하지만 다음 순간 주디가 고개를 돌리더니 호그보텀을 똑바로 쳐다봤다.

"안 되겠습니다." 호그보텀이 말했다. "그녀가 거슬리는 건 사실이지만… 이건 옳지 못합니다, 선생님."

그녀가 말을 더 잇기 전에 군중 통제 업무를 진행 중이던 트러플러가 실수로 호그보텀과 부딪혔다. 그 순간 호그보텀 경감은 실수로 다트를 발사하고 말았다. 다트는 정확히 포버트를 향해 날아갔다!

주디는 상황을 파악하고 본능적으로 반응했다. 그녀는 포버트가 다트를 맞지 않도록 밀쳐 낸 뒤 자신이 직접 맞을 준비를 했다!

다트가 그녀에게 거의 도달했을 때, 차 한 대가 쏜살같이 달려와 주디와 호그바텀의 경찰들 쪽에서 날아오는 다트 사이로 급하게 방향을 틀었다. 차가 모래 먼지를 일으켰고, 다트는 차 옆면에 부딪혀 튕겨 나갔다.

"하던 거 계속해, 어서!" 닉이 차 안에서 주디를 향해 외쳤다.

"어서!" 포버트가 말했다.

지체할 틈도 없이, 포버트와 주디와 게리는 기후 장벽 안으로 들어섰다. 안에는 임무를 완수하기 위해 통과해야 할 공장식 복도가 미로처럼 펼쳐져 있었다.

주디는 잠시 멈칫했다. 닉이 자신을 구하기 위해 돌아왔다는 사실이 여전히 믿기지 않았다.

"제어실이 어디지?" 포버트가 초조하게 말했다.

주디는 정신을 가다듬고 저널을 뒤져 필요한 내용을 찾아냈다. "5층이야. 문은 복도 끝 왼쪽에 있고!"

그들은 함께 계단을 뛰어 올라갔다.

플래시의 차에서 내린 니블스와 닉은 곧장 기후 장벽 쪽으로 내달렸다. 갑자기 장벽이 가동되며 벽에 불이 붙더니 불꽃이 솟구쳐 오르며 뜨겁게 달아올랐다!

“열기가 다시 느껴져!” 니블스가 말했다.

“문쪽으로 가!”

그러자 닉은 차를 몰고 달려나가는 플래시를 향해 돌아섰다.

“수고했어, 친구.” 닉이 플래시에게 소리쳤다. “사랑해! 신세 많이 졌어!”

“야…호.” 플래시가 말했다.

플래시의 차가 모래를 더 일으키며 닉과 니블스가 벽까지 갈 수 있도록 엄호를 해주었다. 니블스는 문이 닫히기 시작하자 문을 향해 뛰어들었다.

하지만 닉이 문에 도착하기 전에 문이 닫히는 바람에 그는 홀로 바깥에 남겨지고 말았다.

닉은 의구심이 들었다…. 니블스가 몰래 자신을 배신하고 있는 건 아닐까?

주디와 게리 그리고 포버트가 막 제어실에 도착했을 때 마주친 건 그곳에 있던 코뿔소 직원 둘이었다.

"어이!" 게리가 말했다.

"악!" 뱀을 본 코뿔소들은 비명을 지르며 달아났다. 주디는 그들이 눈 덮인 툰드라 타운으로 이어지는 먼 쪽 문으로 나가는 걸 지켜보았다. 그들이 문을 제대로 닫지 않은 바람에 찬바람이 들이닥쳤다. 포버트가 문을 닫으러 간 사이 주디는 저널을 뒤지며 정확한 제어판을 찾았다.

"제발, 제발, 제발 나와라." 주디는 무언가를 발견할 때까지 중얼거렸다. "찾았다, 찾았어!"

그녀가 버튼을 눌러 눈 생성기를 껐다.

"마을이 보여?" 포버트가 게리에게 다가가며 근심스러운 목소리로 물었다. "열기가 좀 감지돼?"

게리가 주변을 살폈다. 그의 눈이 반짝였다. "저기!"

더 이상 눈이 내리지 않자, 게리는 열기의 급상승을 감지했다.

그들이 마침내 파충류 지역을 찾은 것이다!

눈 생성기가 멈추자 포버트는 저택 부근에서 무언가를 보았다. 링슬리 가문의 부지 깊숙한 곳, 눈더미 위로 무언가가 튀어 나와 있는 것을 볼 수 있었다. 그것은 건물의 일부처럼 보이기도 했다. 주디 역시 그걸 보았다. 그 구조는 그녀가 게리의 증조모 애그니스의 사진에서 본 것과 일치했다.

“우리가 찾은 거야?” 포버트가 감탄하며 말했다.

주디는 미소를 지어 보였다. 하지만 닉이 함께 있지 않다는 것을 깨달자 그 미소는 사라졌다. 닉은 기후 장벽 바깥에서 무슨 일이 벌어질지 모르는 상태였다.

“문!” 주디는 보안 카메라를 쳐다보며 당황한 목소리로 말했다. 그녀는 바깥에 서서 기후 장벽의 문을 쾅쾅 두드리고 있는 닉을 보았다. “문이 잠겼어! 어째서 잠긴 거지?”

닉이 닫힌 문을 두드리는 사이 열 장벽은 점점 뜨거워졌다.

“니블스! 니블스!” 그가 소리 질렀다.

닉이 절망에 빠지려는 순간 문이 열렸다. 니블스였다! 비버는 닉을 안쪽으로 홱 끌어당겼다.

“젠장, 문이 안 열렸어.” 안도하고 있는 닉을 향해 니블스가 말했다.

주디는 문이 열리고 니블스가 닉을 안으로 끌어당기는 장면을 보며 한숨을 내쉬었다.

“미안해.” 게리와 포버트를 쳐다보며 그녀가 말했다. “지난 번 사건에 좀 복잡한 사정이 있었거든.”

"알아." 포버트가 웃으며 말했다.

그런 다음 그는 주디에게 뱀 독을 주사했다!

주디는 숨을 헐떡이며 눈을 크게 떴다. 온몸이 마비된 그녀를 포버트가 바닥에 눕혔다.

"오, 이런! 난 네가 알 거라고 생각했어. 네가 알 거라고 말이야." 포버트가 말했다. "아, 심장이 쿵쾅거려."

"안 돼!" 게리가 힘없이 말했다. 툰드라 타운 쪽의 찬 공기가 제어실로 들이닥치는 바람에 뱀은 힘을 쓸 수 없었다.

그는 포버트를 공격하려고 했지만 공격할 힘 따윈 남아 있지 않았다. 게리가 영하의 온도에 굴복하고 있었다!

포버트는 손을 뻗어 게리를 붙잡았다. 그리고 문을 좀 더 열어 차가운 공기가 더 많이 들어오게 만들었다.

"미안해, 파트너." 포버트가 말했다. "하지만 너도 알잖아, 추우면 네가 어떻게 되는지."

설상가상으로, 포버트는 문을 더 활짝 열어 눈까지 들어오게 했다. 잔인한 표정으로, 포버트는 문 옆에 쌓여 가는 눈더미 속으로 게리를 던져 버렸다.

곤경에 빠진 뱀은 알고 있었다. 만일 주디가 그를 도울 수만 있다면!

"나한테 화내지 마." 포버트가 주디를 바라보며 말했다. "이번 일로 난 늘 감사할 거야. 고마워, 진심으로. 하지만 너도 알잖아…. 우린 항상 같은 생각을 해 왔어…. 우린 둘 다… 약자잖아…. 남들만큼 훌륭하다는 걸, 무리에 속할 자격이 있다는 걸 무슨 수를 써서라도 증명해야 하잖아." 주디를 향해 웃어 보이며 그는 말을 이었다. "난 거짓말한 적 없어. 나 역시 더 나은 세상을 만들고 싶다고…. 단 *나 자신*을 위해서 말이지."

"포버트…." 주디가 힘겹게 입을 열었다.

"쉿… 이건 내게 기회야. 난 그걸 잡아야 하고. 왜냐하면… 왜냐하면 내가 그의 집에 들어가서… 그 특허권을 태워 버리면… 드디어 나도 우리 가족 안에서 인정받는 존재가 될 테니까. 그러면 나도 소속감을 느끼게 되겠지."

게리 옆에 기대어 서 있던 포버트는 뱀의 허리 가방을 뒤졌다. 그는 해독 펜이 그 안에 그대로 있는 걸 확인하고는 가방을 자신의 벨트에 고정했다.

"찜찜한 구석을 남겨 둬선 안 되겠지." 포버트가 말했다.

주디는 독 때문에 비틀거렸다. 그녀는 기후 장벽의 내부 어딘가에서 닉의 목소리가 들리는 것 같았다.

"홍당무?"

하지만 주디의 착각이 아니었다. 포버트 역시 그 목소리를 들었던 것이다. 그는 주디를 응시했다.

주디는 공포에 휩싸였다. 닉이 위험에 처했다는 것을 직감했다.

"찜찜한 구석을 남겨 둬선 안 되겠지." 포버트가 말했다. "잘 가, 홍당무."

포버트는 눈 생성기를 다시 켠 다음 제어 장치를 망가뜨려 주디가 그걸 끌 수 없게 만들었다.

그가 제어실을 나서려 했다. 주디가 손을 뻗어 그의 발을 붙잡았다.

"포버트, 제발." 주디가 힘없는 목소리로 애원했다. "넌 가족들과 *다를 수 있잖아.*"

스라소니는 잠시 말이 없었다. "난 달라지고 싶지 않아." 그가 말했다.

포버트는 문을 걸어 잠근 후 제어실을 떠났다.

그가 복도를 천천히 걸어가는데 누군가 부르는 소리가 들렸다. 저 멀리 앞쪽에 닉이 있었다. 여우가 계단을 올라가고 있었다.

스라소니는 먹잇감을 향해 다가갔다.

15장

제어실에 남겨진 주디는 독의 기운을 이기려 안간힘을 쓰면서, 자신의 파트너에게 경고를 하려고 필사적으로 애썼다.

"닉." 그녀가 목이 메인 소리로 말했다.

그녀는 몸을 움직여 제어실에서 나가려 했지만, 움직일 수 없었다. 자신의 몸을 향해 움직이라고 외치며 아무리 애써 봤자 허사였다. 독이 너무 강한 데다 제어실은 점점 더 추워졌다. 그녀의 눈에 눈물이 차올랐다.

"우린… 성공할 거야… 주디 홉스." 게리가 거의 얼어붙은 목소리로 말했다.

"난… 난 그렇게 생각하지 않아, 게리… 이번엔… 아니야." 주디는 거의 들리지 않는 목소리로 말했다.

포버트는 계단을 걸어 오르던 중 니블스와 마주쳤다. 포버트는 즉시 손을 들어 자신은 무장하지 않았고 위협적이지 않다는 것을 보여주었다.

"괜찮아." 포버트가 말을 이었다. "주디가 나를 보낸 거야. 닉을 찾고 싶어 하거든."

니블스가 막 대답하려는 순간, 포버트는 독침을 그녀에게 쏘았다.

니블스는 웅크리고 바닥에 쓰러졌다. 포버트는 니블스를 그대로 밟고 계단을 올라가면서 휘파람을 불며 독침을 다시 장전했다.

주디는 겨우 눈을 뜨고 보안 모니터로 닉을 지켜보았다. 그녀는 자신의 친구 뒤로 다가가는 포버트를 보았다.

"우린… 해낼 거야… 주디… 홉스… 우린… 꼭 해낼 거라고."

"안 될 것 같아." 주디가 말했다. "난… 움직일 수가 없어…. 난… 우릴 도울 수 없어…. 아무도… 도와줄 수 없어."

그녀는 자꾸만 눈이 감기는 자신이 싫었다.

닉이 툰드라 타운의 기후 장벽 지붕으로 막 올라선 순간 포버트가 그를 덮쳤다. 하지만 포버트가 독침을 사용하기 전에 닉은 재빨리 그의 공격을 피해 눈 덮인 지붕을 미끄러져 내려갔다.

눈 너머 아주 가까운 곳, 사막 모래 언덕의 기후 장벽에서는 열 시스템이 가동 중이었다.

두 극단이 지배권을 놓고 싸우고 있었다.

닉은 그게 어떤 기분인지 알고 있었다.

"우린… 꼭 해낼 거고… 그리고 넌… 내 가족을… 만나게 될 거야." 얼어붙은 몸과 달리 희망을 불태우며 게리가 말했다.

"게리." 주디가 힘없이 입을 열었다.

"그리고 그들이… 내게 말한 걸… 네게 말해 줄 거야…. 세상을… 구하려면… 동물 한 마리로는… 부족한 법이라고… 그래서 우린 서로 도와야 한다고."

주디의 얼굴에 옅은 미소가 스쳤다.

"난 안 그랬어…."

"넌… 내 사건을 맡기로 선택했지… 그리고 나의 가장 친한, 따뜻한 피를 가진 친구가 되어 주었어… 정말… 따뜻한…."

주디는 게리를 바라보았다. 불현듯 모든 게 이해되기 시작했다. 게리는 분명 뱀의 시야로 그녀를 지켜봐 왔을 터였다. 그녀는 열을 발산하니까 말이다! 어쩌면 게리에게 결국 계획이 있었던 것일지도 모른다!

"우린 성공할 거야, 주디 홉스." 게리가 미소를 지으며 말했다. "안아 봐도 될까?"

의식이 흐려지기 시작하는 주디는 간신히 고개를 끄덕였다.

게리는 친구에게 스르르 다가가 천천히 그녀를 감싸 안았다.

즉시 주디의 온기가 주는 효과가 나타났다. 게리의 눈이 밝아졌다. 그는 보안 모니터 쪽으로 머리를 들어 닉과 포버트 사이에서 벌어지는 격렬한 싸움을 지켜보았다. 게리의 시선은 포버트의 허리에 채워진 허리 가방, 바로 자신의 허리 가방에 레이저처럼 집중되어 있었다.

"우린 널 구할 거야…. 그리고 네 친구도 구해 낼 거야." 게리가 말했다.

하지만 게리가 무언가를 하기도 전에 문이 부서지듯 열리더니 ZPD 경찰들이 제어실로 들이닥쳤다. 지휘를 맡고 있던 셰브르는 주디의 몸을 휘감고 있던 게리를 발견했다. 염소의 눈에는 뱀이 주디를 해치려는 것처럼 보였다!

"저 놈이 토끼를 잡아먹으려고 한다!" 셰브르가 말했다.

"잠깐! 아니야, 아니라고." 게리가 말을 이었다. "난 주디를 구해 주려는 거야. 그녀에게 해독 펜을 가져다줘야 한다고!"

경찰들은 게리의 말을 전혀 못 들은 듯 포위망을 좁혀 왔다.

주디를 온몸으로 감싼 채, 게리는 ZPD 경찰들을 다치게 하지 않으면서 막아 내기 위해 최선을 다했다.

게리는 경찰들을 향해 꼬리를 휘두르며 자신의 토끼 친구와 시선을 맞췄다.

주디는 도움이 필요했다. 지금 당장.

포버트는 꾸준히, 천천히, 닉을 향해 조금씩 다가갔다…. 얼어붙은 기후 장벽의 가장자리로 그를 몰아붙이면서 말이다.

"이런, 끝까지 와 버렸네." 포버트가 위협적으로 말했다.

"그녀는 어디 있지?" 닉이 다그쳤다.

"깡충깡충 토끼 씨의 *호피*엔딩(토끼가 뛰는 모습을 반영해 해피엔딩을 변형시킨 표현-옮긴이)이 아니라 안됐군." 포버트가 농담처럼 말했다. "뱀에 물려 죽는 게 시적인 최후라고 생각했는데. 그녀의 파트너가 해독제를 가져다줄 수 없다는 게 안타까울 뿐이야."

닉은 심장이 멎는 것만 같았다.

포버트가 계속해서 앞으로 걸어오자, 닉은 얼어붙은 벼랑 끝에 점점 더 가까워지며 뒤로 물러났다.

"그녀는 이미 죽었어, 닉." 포버트는 단호하게 말했다. "그냥… 단념해. 이 상황은 한 가지 결말밖에 없어."

닉은 비틀거리며 뒤로 물러섰다. 머릿속은 이 끔찍한 상황에서 벗어날 방법을, 어떤 방법이든 찾아내려고 정신없이 돌아갔다.

포버트가 계속 다가오는 동안, 닉은 포버트가 뱀의 허리 가방을 차고 있는 걸 보았다. 그것은 헐거운 고리에 걸려 있었다.

그때 닉은 자신들이 더이상 지붕 *위*에 있지 않다는 걸 깨달았다. 지붕에서 *뻗어 나*온 얼음판 위에 있었던 것이다!

얼음 덩어리 하나가 판에서 떨어져 닉 아래에 있는 비상 계단으로 떨어졌다.

쿵 하는 큰 소리에 게리는 고개를 돌려 창문을 바라보았다. 비상계단 위에 커다란 얼음 덩어리가 놓여 있었다. 위에서 떨어진 것이 분명했다.

순간 게리는 닉이 자신의 위쪽, 그러니까 지붕에 있다는 사실을 깨달았다.

닉의 발아래 얼음이 갈라지기 시작한 순간 그는 어떤 소리를 들었다. 누군가의 목소리였다.

"해독제!"

뱀이었다! 그의 목소리가 아래쪽에서 들려온 것이다!

"해독제로 그녀를 구할 수 있어!" 게리가 외쳤다. "가방! 가방을 던져 줘!"

닉은 얼음판 너머로 주디를 부드럽게 감싸고 있는 게리의 모습을 보았다. 그런 다음 다시 포버트와 허리 가방을 바라보았다.

해독 펜이 허리 가방 안에 있었다.

닉은 믿을 수 없었다. 그가 정말로 자신의 파트너를 구해 낼 수 있는 것이다!

하지만 안타깝게도 이 사실을 깨달은 건 닉만이 아니었다. 포버트 역시 같은 결론에 이른 것이다.

포버트가 뭔가를 하기 전에 닉이 포버트에게 달려들었다. 닉은 허리 가방을 움켜잡았지만 남은 발톱이 하나도 없었다. 동물 관리 차량에서 자물쇠를 따려다가 모두 부러져 버렸기 때문이다. 닉이 아무리 애써도, 닉은 포버트의 허리띠에서 허리 가방을 떼어 낼 수 없었다.

둘은 가방을 두고 몸싸움을 벌이다가 얼음판 위로 넘어졌다. 얼음이 갈라지는 소리가 계속 들려왔다. 닉과 포버트가 밟고 서 있는 얼음판도 머지않아 깨져 아래로 떨어질 터였다!

"나를 막으려고 자신을 희생할 참이야? 넌 절대 그렇게 못 해." 포버트가 말했다.

"주디라면 그렇게 했을걸." 닉이 상대를 노려보며 말했다.

포버트는 발톱으로 닉을 할퀴려 했다. 하지만 닉은 아주 빨랐다. 그는 포버트의 팔을 잡아채 공격 방향을 바꾸어 포버트의 발톱이 허리띠에 묶인 끈을 끊어 버리게 했다!

망연자실한 포버트는 허리 가방을 낚아채 아래로 던지는 닉을 그저 바라보는 수밖에 없었다.

바로 다음 순간 얼음이 갈라지는 끔찍한 소리가 마지막으로 들리더니 얼음판이 무너지기 시작했다.

16장

게리는 ZPD 경찰들에 포위되어 한쪽 구석으로 몰리면서도 주디를 끌어안고 모든 일이 해결되길 바랐다. 그때 갑자기 무언가가 그의 뒤쪽 통로에 떨어졌다. 바로 허리 가방이었다!

게리는 꼬리를 휘둘러 가방을 집어 들었다. 꼬리로 가방을 열자 해독 펜이 들어 있었다!

"잡아! 잡아!" 게리가 꼬리 쪽을 쳐다보며 소리쳤다.

게리는 꼬리로 해독 펜을 움켜쥐고 딸깍 소리가 나게 눌렀다. 그러자 녹음된 음성이 흘러나왔다. "정확히 심장에 대고 찔러주세요."

게리의 꼬리가 번개처럼 빠르게 음성이 안내하는 대로 주디의 펜을 심장에 찔러 넣었다. 그러자 해독 펜이 즉시 효과를 발휘해 주디가 몸을 움직였다. 그녀가 깨어난 것이다!

이제 완전히 눈을 뜬 주디는 보안 모니터로 얼음판이 갈라지고 있는 곳에 있는 닉을 보았다. 얼음판은 언제고 깨져 닉을 죽음의

나락으로 몰고 갈 것만 같았다.

마치 중독된 적이 없었던 것처럼, 주디는 날쌔게 움직여 ZPD 경찰들을 옆으로 밀쳐냈다. 그녀와 게리는 닉을 돕기 위해 지붕으로 달려갔다!

포버트는 그들 발밑의 얼음판이 마침내 무너져 내리자 닉을 바라보았다.

이제 끝이었다.

둘 다 아래로 떨어지고 있었다.

닉이 미끄러지기 시작한 순간 털복숭이 발 하나가 그의 앞에 불쑥 나타났다.

주디였다.

주디는 파트너인 닉을 붙잡았고, 닉도 그녀를 붙잡았다.

포버트가 서 있던 얼음은 그대로 아래로 떨어져 버렸다.

이제 주디는 지붕 끝에 매달린 닉을 붙들고 있었다.

그들은 주디를 감싸고 있는 게리의 도움으로 지붕에 매달렸다. 게리는 닉까지 휘감아 두 파트너를 하나로 묶었다.

있는 힘을 다해, 게리는 주디와 닉을 지붕 위로 끌어올렸다.

닉은 주디를 껴안느라, 그녀를 보게 되어 너무나 기쁜 나머지, 게리가 옆에 있어도 조금도 불편하지 않았다.

"난 생각했어… 포버트가 나에게 네가…." 닉이 말문을 열었다.

“네게 가려고 했어… 그러다 널 봤지….” 주디가 말했다.

둘의 시선이 마주치고 그렇게 잠시 세상엔 그들만 존재하는 듯했다. 그들은 하마터면 일어날 뻔했던 일과 서로를 거의 잃을 뻔했던 순간 그리고 각자가 저지른 실수를 떠올렸다.

게리는 그 모습을 지켜보다가 이런 상황에서는 세 명은 어울리지 않는다는 사실을 깨달았다. 그래서 그는 자신의 해독 펜을 집어 들었다.

“난… 네 친구를 도우러 가 볼게.” 게리는 이렇게 말한 후 니블스를 찾으러 나섰다.

“좋아, 우리가 다르다는 건 상관없어.” 닉이 말했다. “난 너를 아껴. 말한 적은 없지만, 말했어야 했어. 하지만 난 그러지 못했어…. 왜냐하면, 음, 왜냐하면, 난… 감정적으로 불안정하고, 네게 불편함을 주는 존재이고, 내 감정을 표현하는 데 서툴기 때문이야. 그건 아마 내가 평생 혼자 살아왔기 때문일 거야. 변명하려는 게 아니라, 그냥, 그래서 네가 내 인생 최고의 선물이라고 말하는 대신, 네 귀를 놀리거나 네가 너무 과하게 애쓴다고 말해 버리곤 했었지. 하지만 사실은 네가 상처받는 걸 원치 않아서 그런 거였어. 왜냐하면… 왜냐하면 이 세상에서 너보다 더 소중한 이는 내게 없기 때문이야.”

말을 마칠 때쯤 닉은 숨이 거의 턱까지 차올랐고, 주디는 그런 파트너를 놀란 눈으로 쳐다볼 따름이었다.

“내가… 지나치게… 애쓰는 편이긴 하지.” 주디가 입을 열었다.

"왜냐하면 마음속 깊은 곳에서, 나는 내 모습이 모두가 생각하는 그런 모습일까 봐 두려웠었어. 그리고 나는 그것이 나를 약해 보이게 만들까 봐 걱정돼서 나의 불편함을 억누르고 있었어. 나는 강해지고 싶으니까. 나는 내가 늘 실패하는 것만 같아. 내가 네 말에 연연해 하는 이유는, 나조차 나를 믿지 못할 때에도 내 인생에서 유일하게 나를 믿어 준 게 너이기 때문이야. 그걸 네게 말했어야 했는데. 그리고 나에게도 이 세상 그 누구보다 네가 가장 중요해."

이번엔 닉이 놀랄 차례였다.

"나도 해결되지 않은 어린 시절 트라우마가 있어. 약한 모습을 보이는 게 두려워서 절대 말하지 않지만." 닉이 불쑥 속내를 털어놓았다.

"난 위험한 선택만 골라 가며 해. 내 안에 있는 병적인 영웅심 때문에 말이야." 주디가 쏟아내듯 말했다.

"내가 ZPD에 들어온 건 경찰이 되고 싶어서가 아니었어. 언제나 무리의 일원이 되고 싶었기 때문에 들어온 거야. 그리고 너를 잃는다는 생각이 나를 두렵게 만드는 건… 왜냐하면 넌 내 무리니까."

고백은 계속되었고, 주디는 이렇게 말했다. "난… 널 절대 떠나지 말았어야 했어. 그리고 난 정말 날 치료해 줄 동물들이 필요해…. 그리고 넌 내가 원하는 유일한 파트너란 것도 말했어야 했어…. 왜냐하면… 넌 내 플러플이니까."

닉은 플러플이 무엇인지 전혀 이해하지 못한 표정으로 주디를 바라보았다.

"그건 토끼들이 모인 무리를 말하는 거야." 주디가 행복의 눈물을 흘리며 말했다.

둘이서 잠시 서로를 응시하고 있을 때, 난데없이 어떤 목소리가 끼어들었다. "이게 바로 우리가 말하는 과도한 정보 공유지."

니블스였다!

"그나저나 난 살아 있어. 내가 해냈지." 니블스가 말했다. 그러고는 아래쪽 땅을 가리키며 말했다. "저자도 아직 살아 있고."

주디와 닉은 포버트가 링슬리 저택 밖의 눈 덮인 마당을 가로질러 집을 향해 달려가는 모습을 보았다.

"저자는 파충류 지역으로 가서 게리의 증조모 집을 찾고 그녀의 특허 원본을 없애 버리겠지." 주디가 말했다.

게리가 누군지 전혀 모르는 닉이 물었다. "게리가 누구야?"

바로 그때 ZPD 경찰들이 기후 장벽 꼭대기로 들이닥쳤다.

"가면서 얘기해 줄게." 주디가 닉, 니블스, 게리와 함께 눈 덮인 땅 위로 뛰어내리며 말했다.

ZPD 경찰들이 지붕 끝에 이르러 달아나는 도망자들을 포착했을 때, 주디와 닉은 이미 스노모빌에 올라탄 뒤였다.

"홉스와 와일드?" 주디가 자신의 파트너에게 말했다.

"와일드와 홉스지!" 닉이 장난스럽게 대답했다.

"니블스랑 게리도!" 비버와 뱀이 합창하듯 말했다.

"저쪽이 게리로군." 드디어 알아차린 닉이 말했다.

게리를 따뜻하게 하기 위해 긴 스카프로 감싼 후, 스노모빌이 출발했다. 주토피아 100주년 기념 확장 공사가 시작되면서 제설기들이 전면 가동되었고, 모든 곳에 눈을 뿜어내고 있었다!

습지 마켓에서는 차가운 돌풍의 영향이 본격적으로 느껴지기 시작했고 사방에 눈이 흩날렸다.

포버트는 닉과의 싸움으로 만신창이가 된 채 링슬리 저택의 문을 비틀거리며 들어섰다.

그가 미처 숨을 고르기도 전에 쩌렁쩌렁한 목소리가 들려왔다. “이놈!”

“아빠, 잠깐만요.” 포버트가 말했다.

하지만 밀턴 링슬리는 기다려 주는 성격이 아니었다. 밀턴은 아들의 셔츠를 와락 붙잡더니 그를 방 건너편으로 내던졌다.

“넌 정말 약해빠진 놈이야.” 밀턴이 못마땅한 목소리로 말했다. “영원히 약골이겠지.”

“잠깐만요!” 포버트는 아버지의 환심을 사려고 애쓰며 말했다. “전 파충류 지역이 어디에 묻혀 있는지 알아요. 뱀이 기후 장벽을 발명했다는 사실을 입증하는 *진짜* 특허가 어디에 있는지도 알고요. 제가 그걸 파괴할 거예요…. 우리 가문을 위해서…. 그리고 아빠를 위해서요.”

밀턴은 얼굴을 찡그렸고, 그곳에 아버지와 아들만 있는 게 아니라는 사실이 곧 드러났다.

윈드댄서 시장이 불편한 표정으로 서서 말했다. “음….”

“시장직을 보존하고 싶다면,” 밀턴이 시장에게 말했다. “아무 말도 하지 마시오.”

그러자 시장은 말 눈가리개를 썼다.

“너,” 밀턴이 포버트를 향해 말했다. “안내해. 지금 당장!”

불현듯 어떤 소리가 밀턴의 주의를 끌었다. 처음엔 조용했지만, 점점 커져 갔다. 윙윙거리는 소리 같았다. 그 소리는 문 쪽에서 나고 있었다. 대체 뭐지?

키티와 캐트릭은 무슨 일이 벌어질지 몰라 불안해하며 문으로 다가갔다.

갑자기 이빨이 문을 뚫고 들어왔다.

니블스였다!

그녀는 머리를 안으로 쑥 들이밀며 말했다. “뭔가가 되려면 셋이 필요하지만, 넷이 모이면 문짝을 부술 수 있지!”

그런 다음 니블스가 문을 열었고, 주디와 닉, 게리가 스노모빌을 탄 채 저택 안으로 들이닥쳤다!

“특허가 있는 곳으로 가. 파괴해 버려!” 밀턴이 포버트에게 소리쳤다.

포버트는 아버지를 기쁘게 하려는 듯 고개를 끄덕였다.

17장

포버트는 이미 바깥으로 나와 파충류 지역 입구를 향해 질주하고 있었다. 그와 특허 사이에 가로막고 있는 것이라고는 어렴풋이 모습을 드러낸 거대한 덤불 미로뿐이었다.

"어서 가!" 키티와 캐트릭에 맞설 준비를 하며 닉이 외쳤다.

주디는 닉이 시간을 벌어 줄 것이라는 것을 알고 혼자 포버트를 쫓아갈까 생각했다.

그러다 그녀는 닉을 향해 돌아서서 손을 내밀었다.

"함께라면… 더 잘할 수 있지." 그녀가 말했다.

동시에 둘은 그 말이 얼마나 진부하게 들리는지 알아차렸다.

"와." 닉이 말했다.

"나도 한번 해 보고 싶었어." 주디가 말했다.

"무슨 말인지 알겠어. 이제 둘이 화해한 거구나." 니블스가 끼어들었다. "서둘러! 여긴 우리가 맡을게!"

주디가 닉을 끌고 방을 빠져나오자 니블스와 게리는 링슬리 일가와 맞설 준비를 했다.

바깥으로 나온 주디와 닉은 링슬리 일가의 거대한 제설기가 초고속으로 작동하면서 엄청난 속도로 눈을 뿜어내는 것을 보았다. 그들은 또 포버트가 눈으로 뒤덮인 스노모빌에서 휘발유 통 하나를 꺼내 오는 것도 목격했다. 그는 성냥갑을 끄집어내더니 미로처럼 늘어선 울타리 속으로 들어갔다.

니블스와 게리는 링슬리 일가와 맞서 싸우려고 최선을 다했지만, 밀턴과 캐트릭과 키티는 싸움 실력이 굉장히 뛰어났다.

니블스는 순식간에 책상에 짓이겨지고 말았다. 그녀는 곁눈질로 TV를 쳐다봤다. 뉴스 보도에는 현재 지독한 추위를 겪고 있는 습지 마켓의 모습이 등장했다.

시간이 없었다!

주디와 닉은 덤불 미로 속으로 뛰어들었지만, 쉴 새 없이 쏟아지는 눈 속에서 앞을 제대로 볼 수 없었다. 설상가상으로 미로는 두 갈래로 나뉘어 있었다. 포버트는 어느 방향으로든 갈 수 있었다! 이제 두 파트너는 선택을 해야 했다. 흩어질 것인가, 아니면 함께 움직일 것인가?

"난 왼쪽, 넌 오른쪽, 어때?" 닉은 내키지 않는다는 듯 말했다.

"어… 그래…." 생각에 잠겨 있던 주디가 말했다. "어쩌면 지금이… 암흑가를 좀 아는 파트너가 실력을 발휘할 때 아닐까."

둘은 서로 눈빛을 교환했고, 주디가 무언가를 가리키며 고개를 끄덕였다. "그러면 철사로 *저 차*의 시동을 걸 수 있을 테니까."

그녀는 포버트가 휘발유 통을 빼낸 곳 인근에 세워진 대형 궤도식 설상차를 가리켰다.

포버트는 절뚝거리며 미로를 헤쳐 나갔고, 마침내 출구를 발견하고는 안도했다. 출구 바로 뒤로 파충류 지역이 보였다. 목표 지점에 거의 도달한 것이다!

하지만 대형 차량과 같은 기계음이 그의 주의를 산만하게 했다. 고개를 돌려보니 주디와 닉이 설상차를 몰고 울타리를 부수며 질주하고 있었다! 설상차는 포버트를 향해 돌진하고 있었다!

드디어 운전석에 앉은 닉의 얼굴에는 웃음이 만연했다. 그는 인생 최고의 순간을 만끽하고 있었다!

닉이 조종하는 거대한 설상차가 이리저리 민첩하게 움직이자 두 파트너는 웃음을 터뜨렸다.

"너 운전 진짜 못해!" 주디가 킥킥 소리를 내며 웃었다.

"그래, 맞아!" 닉이 동의했다.

마침내 미로의 끝에 이르게 되자, 주디와 닉은 밖으로 뛰어나와 포버트를 상대할 준비를 했다.

겁에 질린 포버트가 휘발유 통과 성냥갑을 들어 올렸다.

순간, 난데없이 그들의 발밑 땅이 흔들리더니 눈 위로 거대한 균

열이 생겼다. 눈 깜짝할 사이 두 파트너와 포버트 사이의 틈이 크게 벌어졌다. 그들이 서 있는 구역 전체가 얼음판이었던 것이다!

포버트가 파충류 지역 입구로 향하자, 주디가 닉 쪽으로 돌아봤다.

"뛰어내릴게!" 그녀가 말했다.

닉은 위험하다는 걸 알았다. 하지만 동시에 파트너를 믿어야 한다는 것도 알고 있었다.

링슬리 저택에서는 니블스와 게리가 기대했던 것만큼 실력을 발휘하지 못하고 있었다. 사실은 훨씬, 훨씬 더 나빴다.

그들은 스라소니들에게 완전히 두들겨 맞고 있었다.

"포기해." 캐트릭이 말했다. "3 대 2라고!"

게리는 창밖으로 ZPD 경찰들이 다가오는 것을 보았다.

방 한쪽에서는 니블스가 초조하게 상황을 지켜보던 윈드댄서 시장을 보았다. 말은 발굽으로 바닥을 세 번 두드렸다.

"우릴 좀 도와줘!" 니블스가 외쳤다. "당신이 누군지 알아! 진짜 영웅이 되고 싶은 거야… 아니면 그냥 TV 속 영웅 흉내만 내고 싶은 거야?"

주디가 막 틈새를 뛰어넘으려던 순간, 닉이 그녀를 붙잡았다.

닉도 주디와 함께 뛸 생각이었다!

"난 그래도 '함께'란 말은 하지 않을 거야." 그가 말했다.

그러고 나서 주디와 닉은 틈을 뛰어넘었다.

포버트는 파충류 지역 입구에 막 다다랐다. 특허를 손에 쥔 듯한 기분이 들었다. 그는 그것을 빨리 파괴하고 싶어 견딜 수 없었다.

한 걸음 내디딘 그는 뜻하지 않게 뒤로 넘어져 나뒹굴었다. 성냥갑을 떨어뜨린 포버트는 주위를 둘러보며 눈을 헤치고 성냥을 찾으려 애썼다.

그가 막 성냥갑을 찾은 순간, 마치 아래쪽에서 잡아채기라도 한 것처럼 성냥갑이 눈 속으로 사라져 버렸다.

포버트는 털복숭이 손 하나가 쑥 튀어나오는 것을 보고 숨을 들이켰다.

그 발은 성냥갑을 꽉 쥐고 있었다.

"토끼들은 말이야." 익숙한 목소리가 들려왔다. "우리는 굴을 파고 살잖아."

주디였다! 눈 아래로 굴을 파고 들어갔던 것이다! 눈을 뚫고 올라온 주디는 강력한 토끼 발차기로 포버트를 닉 쪽으로 내던졌다.

닉이 다리를 내밀자, 포버트가 거기에 걸려 넘어졌다.

주디는 말 그대로 슈퍼킥이라고밖에 설명할 수 없는 발차기를 날려 포버트를 거대한 눈더미 속으로 날려 버렸다.

두 파트너는 하이파이브를 했다. 그들이 해낸 것이다!

적어도, 그들은 그렇게 *생각했다.*

포버트는 정신이 나간 듯한 표정으로 눈더미에서 빠져나왔다.

"이건 눈이라고!" 포버트가 포효했다.

포버트는 물 만난 물고기 같았다!

순식간에 포버트는 공격을 퍼부으며 주디와 닉을 뒤로 밀쳐 냈다. 갑작스러운 공격에 당황한 두 파트너는 포버트의 앞발이 그들의 목을 조르는 것을 보고 깜짝 놀랐다.

"특허도, 마을도, 그 안에 있는 모든 것도 다 없애 버릴 거야!" 포버트가 분노에 차 소리쳤다. "쓰레기 같은 여우랑 멍청한 토끼가 내 앞길을 막을 순 없어."

"쟤는 멍청한 토끼가 아니야." 닉이 으르렁거렸다. "그리고 네가 한 가지 잊은 게 있어…."

"뭔데?" 의기양양한 포버트가 물었다.

"우린 뱀이랑 친구잖아." 닉이 대답했다.

그때 "오, 맞다!" 하는 큰 소리가 들려왔다.

포버트는 어리둥절한 표정으로 뒤를 돌아보았다.

게리와 니블스가 도착한 것이다! 둘은 포버트를 사정없이 공격하며 있는 힘껏 때렸다.

포버트는 방어할 생각조차 못 하는 듯했다!

"어이, 파트너!" 게리가 포버트를 쳐다보며 말했다.

링슬리 저택으로 돌아온 ZPD는 문을 부수고 들어섰지만, 그곳에서 윈드댄서 시장이 링슬리 일가를 완전히 제압하고 있는 놀라운 광경을 목격했다!

“당신들은 정의가 죽었다고 말했지.” 윈드댄서 시장이 극적으로 말했다. “내 대답은… 아니이히잉!”

주디와 닉, 니블스 그리고 게리는 힘을 합해 포버트에게 마지막 일격을 가했고, 포버트는 패배한 채 눈 위로 쓰러졌다.

“상관없어.” 포버트가 힘없이 말했다. “아무도 너희 말을 믿지 않을 거야. 특허가 있다고 해도 이 도시는 여전히 우리 거야. 그리고 앞으로도 영원히 우리 거야.”

“넌 이 도시를 소유한 적이 없어, 포버트.” 주디가 말했다.

니블스가 고개를 끄덕였다. “맞아. 이 도시의 주인은 재카로프들이지.” 니블스는 마치 자신이 방금 도움을 준 것처럼 주디와 닉에게 우쭐한 표정을 지어 보였다.

“그럼 가 볼까?” 파충류 지역 입구를 가리키며 닉이 말했다.

협곡으로 내려간 주디, 닉, 게리 그리고 니블스는 어느 시계탑에 도착했다. 안에는 작고 텅 빈 방 외에는 아무것도 없었다. 게리가 주위를 살피다가 나무 판자 하나를 발견했다. 게리가 그 판자를 들어 올리자, 그 뒤에 숨겨진 계단 통로가 드러났다!

거미줄을 쓸어내리며 계단을 걸어 내려가자 어둡고 동굴 같은 공간이 그들을 맞이했다.

주디는 벽에 걸린 등불을 발견하고 불을 밝혔다. 그러자 다른 등불들도 하나둘씩 켜졌다. 그들은 이 공간이 방이 아니라 하나의 거리임을 알아차렸다. 한때 게리의 가족이 살았던 거리였다!

그곳에는 눈도 없었고, 얼어붙은 곳도 없었다. 위쪽의 돌출된 바위들이 보호해 준 것이 분명했다!

게리는 어안이 벙벙했다. 파충류 지역은 그가 상상한 모습 그대로였다. 빨랫줄에 걸린 긴 양말 하나가 보였다. 그는 그 너머의 집으로 시선을 돌렸다.

더 스네이크 저택이었다.

게리는 거의 말을 잇지 못했다. 그는 평생 이곳을 찾아 헤매왔고, 발견하기를 간절히 바랐다. 그런데 그 집이 지금 바로 눈앞에 있었다!

그들은 안으로 들어갔다. 집 안의 모든 것은 100년 전 모습 그대로 보존되어 있었다.

한벽 벽면에는 금속 표지의 책들이 꽂힌 책장이 있었고, 그 옆에는 작은 나무 상자가 놓여 있었다.

상자를 열자, 토끼와 뱀이 서로를 향해 허리 숙여 인사하는 작은 그림을 보았다. 그때 그림이 펼쳐지면서 부드러운 *딸깍* 소리가 났다. 그 아래에는 접힌 종이 한 장이 놓여 있었다.

그건 바로 애그니스 더 스네이크가 받은 기후 장벽 특허 원본의 인장이었다.

그들이 증거를 찾은 것이다!

18장

도시 전체가 최근에 벌어진 사건 소식으로 떠들썩했다.

"오늘 놀라운 소식이 있습니다! 한 지역 팟캐스터가 진실을 밝혀 세상을 바꿨습니다…. 주토피아의 진정한 설계자가 바로 뱀이었다는 사실을 말이죠!" 무스 뉴스 진행자가 말했다.

니블스는 자신의 팟캐스트에서 이 소식을 전하며 활짝 웃었다. 그녀는 습지 마켓에서 생방송으로 팟캐스트를 진행하고 있었는데, 감탄스러운 표정으로 니블스를 바라보는 동물 청취자들이 그녀를 둘러싸고 있었다.

뉴스의 다른 소식으로는 링슬리 일가가 체포되었다는 소식이 들려왔다!

밀턴, 캐트릭, 키티 링슬리뿐만 아니라 포버트까지 경찰에 함께 연행되었다. 결국 포버트는 다른 가족들과 *다를 바 없었다*는 것이 밝혀졌다.

한편 주디와 닉은 기자 회견에서 질문에 답하고 있었다.

"어떤 이들은 두 분을 드림팀이라고 부르더군요." 어느 기자가 말했다. "어떻게 해낸 겁니까?"

주디는 대답하려다 닉에게 먼저 말하라고 손짓했다.

"글쎄요, 세상엔 정말 많은 동물들이 있잖아요." 닉이 말문을 열었다. "그리고 가끔은… 우리가 서로 다른 작은 이유들을 하나하나 살펴보면서… 과연 우리가 함께 잘 해 나갈 수 있을지 걱정에 빠지기도 합니다…. 우리가 정말 해낼 수 있을까 하고 말이죠."

"하지만 어쩌면… 우리가 서로를 이해하려고 노력하고, 서로 대화를 나눈다면… 결국 우린 서로의 차이점들이 실제로는 아무런 차이도 만들지 않는다는 걸 알게 될 거예요." 주디가 말했다. "아니면…."

"그 차이가 우리를 더 강하게 만들어 줄 수도 있고요." 닉이 주디가 하려던 말을 마무리했다. "그리고 열심히 노력한다면… 2년 차쯤엔 그렇게 될 거예요."

기자 회견이 끝난 후, 주디와 닉은 위기의 파트너들 수업 수강생들 앞에 섰다. 이제 그들이 리더였다! 주디와 닉은 환하게 미소 지었다.

퍼즈비 박사는 자랑스러운 듯 둘을 지켜보다가 만족스럽다는 듯 손가락을 딱 튕겼다.

그 자리에 모인 수업 참가자들은 모두 크게 감명을 받았다. 그런데 조엘이 캐런을 향해 미소 짓자 그녀는 전처럼 몹시 흥분해 날뛰기 시작했다.

"조엘! 캐런!" 퍼즈비 박사가 소리쳤다. "더 이상 못 참겠어! 파인애플!"

파충류 지역이 다시 문을 열어 모든 파충류들을 따뜻하게 맞이했다. 게리의 가족도 그곳으로 돌아왔다!

주디는 온 가족을 이끌고 게리의 집에서 벌어지는 축하 파티에 참석했다. 작은 토끼들은 발바닥 하드를 들고 행복해 보이는 뱀들 사이를 뛰어다녔다.

주디는 뱀들과 토끼들이 사이좋게 어울리는 모습을 지켜보며 미소 지었다. 닉이 그녀 옆에 앉았다.

"저기, 내가 말이야, 음… 뭘 좀 줄 게 있어." 닉이 쑥스러워하며 말했다. "알잖아, 이제 우리 2주 기념일이잖아."

그런 다음 닉은 엉성하게 포장된 선물을 주디에게 건넸다. 주디는 그것이 장난인 줄 알았는데, 포장을 뜯어 보니… 당근 펜이 들어 있었다.

닉이 고쳐 놓은 것이다!

주디는 무슨 말을 해야 할지 몰라 닉을 바라보았다.

"사랑해, 파트너." 닉이 말했다. "하지만 난 여전히 나니까, 이런 말은 10년에 한 번만 듣게 될 거야."

주디는 닉을 보고 미소 지으며 당근 펜을 벨트에 꽂았다. 그러고는 당근 펜의 버튼을 눌러 닉의 목소리를 다시 재생했다. "사랑해, 파트너."

둘이 서로를 바라보자 닉이 말했다. "그거 다시 돌려받아야겠는데."

주디는 닉에게서 펜을 멀리 떨어뜨렸다.

"다음 사건이 끝나면 돌려줄게." 주디가 말했다.

"다음 사건이 있을 거지, 응?" 닉이 물었다.

"당연하지." 주디가 대답했다.